긍정의 힘

긍정의 힘

1판 1쇄 발행	2024년 11월 15일
지은이	정순덕
발행인	이선우
펴낸곳	도서출판 선우미디어

등록 | 1997. 8. 7 제305-2014-000020
02643 서울시 동대문구 장한로 12길 40, 101동 203호
☎ 2272-3351, 3352 팩스: 2272-5540
sunwoome@daum.net
Printed in Korea ⓒ 2024. 정순덕

값 15,000원

ISBN 978-89-5658-779-0 03810

긍정의 힘

The Power of Positivity

정순덕 수필집

선우미디어 sunwoomedia

서문

김정기 | 시인

수필가 정순덕 여사의 세 번째 수필집이 상재됨을 축하하며 기쁨을 감출 길 없다.

그동안 끊임없는 독서, 그리고 계속 형설의 공을 쌓아오고 있으셨음을 곁에서 익히 알고 있는 필자는 더욱 큰 박수를 보낸다.

'수필'이란 글자 그대로 붓 가는 대로 써지는 글일 것이다. 그러므로 다른 문학보다 더 개성적이며 심경적이며 경험적이다.

수필문학은 그 어느 작품이든 강렬히 짜내는 글이 아니요, 자연히 유로되는 심경적인 점에 그 특징이 있다. 이 점에서 수필은 시에 가깝다. 정순덕 작가의 글은 가정적이고 따뜻하지만 언제나 날카롭게 빛난다.

이번 수필집 출간을 거듭 축하드린다.

2024. 여름

自序

이번에 책을 내면서 긍정의 힘으로 삶을 살 수 있도록 나를 인도해 주는 그 큰 힘 앞에 감사를 드린다.

첫번째 책(2008년)은 남편을 여의고 슬픔과 실의 속에서 추모록을 쓰고 싶은 마음에서 시작되었고, 7년 후 두 번째 책(2015년)을 낼 때는 사사로운 나의 삶을 둘러보면서 이루어졌고, 9년 후 세 번째 책은 긍정의 힘을 얻으며 시작되었다.

인간은 누구나 자기만의 짊어진 짐 속에서 오늘을 지내고 있다. 그 안에서 내가 긍정의 힘을 누릴 수 있게 된 것을 하나님께 감사드린다.

부족한 저를 늘 채찍질해 주시며 용기와 힘을 주시는 김정기 선생님께 감사하며; 해외문학의 조윤호 선생님, 그리고 서예의 길을 열어주신 유영은 선생님께 감사드린다.

나에게 항상 희망과 용기를 주고 나를 돌봐주는 나의 사랑하는 가족 아들 딸, 수경, 수범, 수미, 며느리 지현과 사위 Coline, 그리고 손자 손녀 Caitlyn, Abigail, William에게 감사한다. 또한 17년 전에 먼저 떠난 나의 사랑하는 남편에게 내 마음을 전한다.

　지나온 세월 변함없이 사랑해 주셨던 지인들, 동기 동창들, 친구들에게 감사드린다. 또한 출판을 맡아주신 선우미디어에 심심한 사의를 표한다.

　긍정의 힘은 희망과 사랑, 경의를 내 가슴에 안겨준다.

2024년 초,
정순덕

차례

chapter

1

— 기
쁨
의　열
쇠

새가 둥지를 틀었는데

　몇 주 전 컴퓨터에서 이메일을 한참 보다가 무심히 창밖을 내다보았는데 창문 앞 관상용 나무에 주둥이까지 빨간 새 한 마리가 입에 작은 나뭇가지를 물고 들락날락하고 있었다. 그 새가 예쁜 빨간 색을 띠었기에 더 눈에 확 들어왔는지 모른다.

　"어머나, 왠 빨간 새가⋯." 나도 모르게 중얼거리면서 지나쳤다. 그런데 이 컴퓨터 방에 들어올 때마다 그 빨간 새를 여러 번 보게 되었다. 처음엔 무심했는데 지난주부터는 그 빨간 새가 나무속에 들어가 한참을 그냥 있길래 이상해서 밖에 나가 나무속을 들여다보니 그 조그마한 나무속에 둥지를 틀고 그 위에 그 빨간 새가 앉아 있는 것이 아닌가.

　"어머나⋯."

　나는 깜짝 놀라 유심히 그 새를 쳐다보니 자기도 나를 뚫어져라 쳐다보는데 나는 새의 눈이 그렇게나 큰 줄은 전에는 몰랐다.

나무는 관상용 나무라 내 키 만한데 너무 가까이 눈을 대고 볼수도 없어(새를 방해할까 봐) 집 안으로 들어왔다. 다행히 창문으로도 볼 수 있는데 내 눈은 연상 그 나무를 향하는 것이었다.

2000년대 초 이 집을 지을 때 우리들의 마지막 보금자리가 될 것 같아 그리 넓지 않은 땅이었지만 정성을 다해 정원을 만들었다. 집 안을 둘러가며 목련나무, 동백나무, HOLLY나무 등, 뒤뜰에는 장미, 집 정문 앞에는 양쪽으로 관상용 나무를 심었는데 십여 년 넘게 세월은 흘렀지만, 이 나무는 변함도 없이 예전이나 지금이나 늘 같은 자태로 서있었다.

아, 이 나무에 그 예쁜 빨간 새가 둥지를 튼 것이다. 새들은 보통 큰 나무나 집 처마 밑에 둥지를 튼다는데 이 작고 여린 나무에 둥지를 틀다니…. 70평생 살아왔지만 새와 눈이 마주쳐 쳐다보기는 처음이다.

이 일은 내 삶의 한 변화를 주고 있는데 매일 그 새에 관한 관찰이었다. 며칠 전부터는 아침에 일어나는 길로 밖에 나가보면 그 새는 그대로 앉아 있었고, 밖에 나갔다 돌아와도 그대로 있었다. 저녁 해지기 전 사라져서는 한 시간쯤 후 돌아와 밤새 그냥 있는 것 같았다.

나는 오늘 하루를 큰 맘 먹고 새를 관찰하니 저녁 6시 무렵 없어진 새를 죽치고 앉아 기다리니 (무료한 시간을 달래며

Frederic Chopin의 Spring Waltz, Romance를 들었다.) 한 시간 오 분 만에 어디 갔다가 날아오는지 쏜살같이 그 나무속으로 들어가는 걸 똑똑히 보았다.

새가 둥지를 틀고 알을 까 새끼 새가 된다는 것은 세상의 진리이니 신기할 것도 하나 없는 일인데 무슨 대단한 일이라고 이러나 하고 나를 둘러보기도 하는데, 아마도 내 마음으로 그 새를 생각한다는 일이 세상을 살면서 '둥지를 튼 새'를 처음으로 보는 진실이리라 생각되었다. 그러면서 나는 나를 스쳐 지나가는 모든 세상사에 얼마나 내가 마음을 주고 살고 있나를 생각했다. 나의 가족, 나의 친구들 심지어 내가 좋아 배우고 생각하는 일들을….

놀라운 것은 내가 새를 바라보는 그런 순수한 마음보다는 늘, 자기중심적으로 살고 싶었고 이해하고 있었다는 사실이었다. 나는 이번에 그 새를 지켜보면서 세상 모든 일은 가슴으로부터 정성을 다하면서 주관적인 욕심을 버리고 열심히 살아야만 되겠다는 생각을 했다.

오늘 아침도 주둥이가 빨간 그 예쁜 새는 두 눈을 동그랗게 뜨고 열심히 나를 바라보고 있다.

[2017. 4. 28.]

하루는 선물

신기한 것이, 매일 아침 배달되는 이 '하루'라는 선물은 축복과 감사로 쓰면 자꾸만 내용물이 생겨나고, 다른 이들이 상상도 못할 것들을 만들어 낸다. 요즈음 나는 실로 오랜만에 이 '하루'라는 글을 떠올리면서 몇 개월이나 얼어붙었던 마음이 풀리는 기분이다.

지난해 늦가을 '서예전' 준비로 한참 소식을 못 전하던 차 들려온 친구의 소식은 뜻밖에도 "몸이 안 좋아 요사이 검사 중"이라 했다. 원래 건강했고 우리는 늘 주위의 다른 아픈 친구들을 걱정하며 지내던 터였다. 나는 내색은 안 했지만 큰 충격 속에 오늘도 지내고 있다. 그로부터 시작해 지난해에 들어서면서 주위에 많은 가까운 친지들이 아프거나 사라지고 있다. 인생여정(人生旅程)에서 생로병사(生老病死)를 당연지사라 여겼지만, 가슴으로 이렇게 다가오니 만사에 의욕을 잃고 새삼 삶이 쓸쓸해

졌다.

주위의 흔들림이 주는 충격은 너무 커서 나의 하루를 허비하는 일이 다반사라 힘들게 시간을 소비하곤 했다. 이 깊은 시름에서 벗어나려고 애쓰던 중이었다.

어느 날 한 친구를 만났다. 오랜만에 만난 그녀는 나를 보자마자 해맑은 웃음기를 머금고 "애! 나는 너를 아는데 네 이름은 몰라. 생각이 안 난다…" 작년보다 병세(알츠하이머)가 더해 아무래도 북쪽 집(워싱턴 근처)으로 이 달 말에 올라가야 했기에 몇몇 친구들과 식사를 마련한 그 친구 남편의 배려 속에 우리는 좋은 시간을 가졌다. 그녀는 침울하지도 우울하지도 않고 내내 웃고 있었다.

나는 그 친구를 보면서 나 자신이 너무나 초라해 보였다. 저 친구는 저렇게 잘 버티고 당당하고 힘차게 오늘도 지내고 있는데 삶이 쓸쓸하다고 만사에 의욕을 잃고 오늘도 우울하게 지내고 있는 나, 뻔쩍 한 대 얻어맞은 기분이었다. 그러고 보니 지난 몇 개월은 맥 놓고 지낸 세월이 아깝게 생각됐다. 새벽에 눈을 뜨면 세상만사가 걱정투성이요 불안 속에 '내 자리가 어디인가' 하고 마냥 서성거리고만 있었다.

해맑은 웃음을 머금고 나를 응시하던 그 모습에서 나는 오랜만에 삶의 기쁨과 감사를 맛보면서 지금의 그녀가 더없이 사랑스러워 보였고, 오늘이 행복했다. 그 지루하고 길게만 느껴지던 하루가 다시 돌아올 수 없는 귀한 날로 가슴을 치면서 매일이 바쁘게 돌아가고 있다.

골프계의 전설 아놀드 파마는 "만약 당신이 패배했다고 생각하면 당신은 패배한 것이다. 만약 당신이 패배하지 않았다고 생각하면 당신은 패배한 게 아니다. 인생은 강한 사람이나 빠른 사람에게 항상 승리를 안겨주지 않는다. 우승자는 자기가 할 수 있다고 생각하는 사람이다!"라고 했다. 우리의 삶도 이와 같을 것이다. 나 자신이 의욕을 잃고 침체된 상태에 있으면 그렇게 삶은 흘러가고 말지만 주어진 현실을 긍정적으로 받아들이고 오늘을 살 때 상상도 못할 축복의 삶은 언제나 우리를 기다리고 있을 것이다.

나에게 큰 충격을 주었던 그녀와 나, 우리는 전에 없이 자주 연락하며 매일 아침 열어주는 즐거운 소리로 오늘을 살고 있다. 하루는 우리에게 주는 가장 소중한 선물이고 희망이다.

[뉴욕 중앙일보 2018. 2. 16.]

기쁨의 열쇠

나의 80회 생일선물로 받은 커피잔에는 남다른 문구가 적혀 있다. 커피잔은 요란스럽지도 않고 수수하다. 아무 무늬도 없고 흰색 바탕에 다만 'Looks 38, Feels 24, Acts 18'이라 적혀있 다. 쓰던 물건은 웬만하면 바꾸는 성격이 아닌데 생일선물로 큰 딸이 준 것이기에 요사이 매일 아침 그 잔으로 커피를 마시면서 남다른 감회에 젖곤 한다.

팔십 줄에 들어서니 삶의 많은 변화를 겪고 있다. 가까이 지내 던 친구들이 하나둘 떠나고 많은 친지가 병고에 시달리고 있어 자주 만나지도 못하고 있다. 유한(有限)한 삶을 사는 우리는 늘 이렇게 허전해야만 되는 것인가.

오늘도 나는 밀려오는 파도를 따라 허우적거릴 뿐이다. 십여 년 전에 남편을 떠나보낼 때만 해도 우리는 자주 만나곤 했는데 요사이는 적막강산 뜸하게 소식이나 전해오고 열심히 뛰어다니던 취미생활도 시들해져 가고 있다.

지난 7월 자식들의 성의로 힐튼헤드 아일랜드(Hilton Head island, SC)에서 조촐한 가족 모임을 가졌다. 로맨틱한 도시로 알려진 힐튼헤드 아일랜드는 하얀 백사장과 야자수가 아름다운 관광지로 잘 알려져 있다. 기후도 알맞아 관광객의 발길이 끊기질 않는 곳이다. 해수욕을 즐길 수 있는 해변가는 유명 휴양지에 비해 작은 편이지만 오히려 이런 점이 이곳의 매력이다. 그래서 이곳은 남의 시선을 의식하지 않고 한적한 해변가에서 휴가를 즐기길 원하는 배우들과 음악가, 작가들의 단골 휴양지가 됐다. 이 도시의 유일한 다운타운인 하버타운은 중세시대풍의 레스토랑과 고급 숍이 들어서 있어 중세시대 분위기를 맛볼 수 있었다.

우리 가족은 매일 비치에서 많이 지냈고 손자 손녀들의 재롱 속에 해가 저물곤 했다. 떠나기 전날에는 하버타운에서 하루를 보냈는데 Captain Mark의 Dolphin and Fireworks는 참으로 멋졌으며 늪지대를 가르며 달리는 보트에서 바라보는 Fire-work은 마치 내가 맨해튼에서 바라보는 야경만치나 멋있었다.

"엄마! 저 하늘에 울려 퍼지는 오색찬란한 저 빛 참 아름답고 멋있지! 엄마는 아직도 멋있고 건재해….”

세월 이기는 장사 없다고 근래 들어 심신이 많이 위축되고 있는 엄마를 위로하는 자식들의 사랑이었다.

나는 오랜만에 내가 앞으로 할 일이 많다고, 그러기 위해서는 모든 세상일을 긍정적으로 받아들여야겠다고 다짐했다. 커피잔에 적혀있는 38 · 24 · 18 이 숫자는 80을 뜻하지만, 생각하기에 따라 얼마나 큰 용기와 희망과 여유를 주는 말인가 감사하며 내 삶을 둘러보았다.

지나온 내 삶을 감사로 시작하니 사소한 일상의 일들이 기쁨으로 연결되어 허전한 삶 속에서도 노년을 즐기며 매일을 살 수 있다고 생각했다. 자식들 덕분에 과분한 여행을 선물 받고 기쁨의 열쇠 38 · 24 · 18을 보너스로 받았으니 얼마나 기쁜지!

기쁨의 열쇠는 나의(우리들) 마음속에 있다고 다시 한번 다짐하고 감사했다.

[뉴욕 중앙일보 2019. 8. 16.]

해바라기

잠시 일상에서 벗어나는 일은 때론 행복한 일탈이며 여유다.

"엄마! 우리 해바라기 보러 가자. 이제 날씨도 쌀쌀해지는데…."

내가 해바라기꽃을 좋아하는 것을 아는 딸의 배려로 집에서 한 시간 좀 더 걸리는 Central New Jersey에 있는 'Holland Ridge Farms'을 찾았다. 그 끝없이 넓은 들판에 해를 닮은 노란 해바라기가 그렇게 많은 것을 보고 탄성을 질렀다.

해바라기는 국화과에 속하는 일년생 식물로 꽃은 두상화(頭狀花)이다. 해를 닮은 노란 꽃이 상당히 인상적인 식물이다. 해바라기는 라틴아메리카가 원산지고 유럽에 전래한 것은 15~17세기라 한다. 이 해바라기는 관상용으로도 키우기도 하지만 본래는 해바라기 씨를 얻기 위해 재배해왔다. 씨앗은 간식이나 사료나 약, 혹은 기름을 짜는 데 쓰이기도 한다. 수천 개의 꽃이 모인

꽃인 만큼 꿀도 많아서 벌이 자주 모이고 실제로 해바라기 꿀도 있다. 해바라기 기름은 사순절 금식 기간에도 허용된 몇 안 되는 기름이다. 러시아 요리에서 가장 중요한 식용유이기도 하다.

태양만 바라보는 해바라기를 보고 있자니 빈센트 반 고흐가 그린 해바라기 정물화가 떠오른다. 고흐가 해바라기를 그린 시기(1887년)는 그가 행복감에 젖어 살고 있던 때였는데 반 고흐의 해바라기는 이글거리는 태양처럼 뜨겁고 격정적인 자신의 감정을 대변하는 영혼의 꽃으로 불릴 만큼 고흐를 대표하는 작품이다.

Holland Ridge Farm에서의 하루는 참으로 편안했다. 이 농장은 한 가족이 운영하는 농장이어서 그런지 사람들도 친절했고 볼거리도 많았다. 피크닉 구역, 마차를 타고 소풍 가는 기분도 낼 수 있었다. 게다가 푸드트럭도 있고 뮤지엄도 있고 농장에 들어올 때 입장권을 사야 하지만, 해바라기꽃을 자기 마음대로 딸 수도 있는데(한 송이에 1달러) 그 많은 사람이 해바라기꽃을 따는 그 모습은 하나의 풍경화 같았다. 나도 열심히 해바라기꽃을 한 묶음 땄는데 담장 같은 팻말에 이런 문구가 쓰여 있었다.

'Advice from a Sunflower' 'Be bright, Sunny and Positive Spread Seeds of Happiness Rise Shine, And Hold Your Head High!'

꽃 중에서 우리의 일상에 희망과 열정을 주는 해바라기는 밝고 용기를 더하여 힘찬 시선은 가을의 수호신처럼 삶을 윤택하게 만들어 주고 있어 더욱 아름답다.

　뉴저지로 올라온 지 몇 개월이 되지만 팬데믹으로 세월이 많이 변해 아직도 의기소침한 상태에서 지내고 있다. 플로리다에서 가까이 지내던 두 친구가 갔고, 두 선배님이 요사이 안 좋으시고 멀리 있는 친구를 만나지도 못하고 있다. 가을비에 마음이 괜스레 울적해지듯 요사이 마음이 편안하지 않다.

　오늘, 이 넓은 농장에서 하루를 지내다 보니 마음도 상쾌하고 태양을 향해 열심히 꽃 피우는 해바라기가 그지없이 아름답고 고마웠다. 해바라기는 '해'와 '바라기'를 합친 단어로 '해를 바라본다'라는 뜻을 가지고 있다고 한다. 우리의 삶에 걸림돌이 많을지라도 내가 오늘을 열심히 살 때 태양은 늘 붉게 타오르고 있음을 다시 한번 느끼게 해주는 하루였다.

[뉴욕 중앙일보 2021. 11. 9.]

큰절

옛날, 충청도 광천으로 시집간 나의 친정 둘째언니는 거리가 멀어서인지 친정인 서울을 자주 왕래하지는 못했다. 그래도 가끔 특별한 날에는 형부와 같이 친정을 들렀는데 형부는 언제나 아버지께 큰절을 올리곤 했다. 식구들은 모처럼 만난 형부, 언니를 보러 모두 안방으로 모여들곤 했는데 그 분위기가 그렇게 좋을 수가 없었다. 아버지는 지긋한 눈빛으로 사위를 대견스레 바라보시며 온몸으로 그를 반겼고, 사위는 존경과 편안함으로 예의를 갖춰 인사를 드리는 것이었다.

생각하면 그 시절이 너무나 그립다. 큰절이란 절을 했을 때 답배를 하지 않아도 되는 어른에게 올리는 절이다. 주로 관혼상제 같은 의식 행사를 할 때나 어른을 뵙고 예의를 갖추어 인사를 드려야 하는 상황에 큰절한다. 예를 들어 웃어른을 오랜만에 뵙거나 문안 인사를 올릴 때 생신 때 등이다.

사전에 보면 절은 상대편에게 예의를 갖추는 우리나라의 기본적인 행동 예절이며 대상과 상황에 따라 크게 '큰절' '평절' '반절'로 나눌 수 있다 했다. 큰절과 함께 평절은 자신이 절을 하면 답배 또는 평절로 맞절해야 하는 웃어른이나 같은 또래 사이에 하는 절이며 선생님, 연장자, 상급자, 배우자, 형님, 누님, 시누이, 올케, 친구 사이 등이며 반절은 평절을 약식으로 웃어른이 아랫사람의 절에 대해 답배하는 절이다.

오래전, 큰올케가 나를 데리고 올케의 스승님을 방문한 적이 있는데 올케가 스승님께 큰절을 올리는 것이었다. 그 모습이 어찌나 귀티가 나고 품위가 있어 보이는지 옆에 있던 나까지 고개를 수그렸던 기억이 지금도 새롭다. 그 당시 대학을 막 졸업하고 몇 년간 법원에서 일하고 있을 때였는데 스승님이 나를 보자고 해서 방문했다.

나는 이곳(미국)에서 반세기 넘게 살아오고 있지만, 나의 정신(문화)세계는 어렸을 적 보고 자란 그 인성교육이 그리운 모양이다. 나는 요즈음 그리운 나의 스승님께 큰절도 한번 드리고 싶고 자식, 손자들에게서도 절도 받고 싶다. 자식들한테서야 결혼시킬 때 절도 받아보았지만 자라나는 손자들이 무슨 명절 때나 특별한 날 절하는 습관을 들이면 그보다 더 큰 품성을 얻을 수 있으리라. 우리는 아무리 학식, 학벌 지위가 높더라도 인성(人

性)과 품성(品性)이 모자라면 덕(德) 있는 인간으로 자랄 수 없기 때문이다. 요즈음은 세대가 변해 더욱이 이곳에서 사는 우리의 손자들 세계에서는 먼 소리로 들릴지 모르지만, 세대가 천만 번이 바뀌어도 인간으로서의 천성은 변함이 없으며 이러한 인성교육을 통해서만이 대인관계에서 믿음, 자신감, 희망을 얻을 수 있다고 생각한다.

몇 년 동안 이어지는 팬데믹 속에서 사람 모습이 그리워지는 요즈음 그래도 이렇게 글을 쓸 수 있도록 용기를 주시는 김정기 선생님, 무한불득(無汗不得) 땀을 흘리지 않으면 얻을 수 없다! 계속 자신감을 가지고 열심히 글씨를 쓰라고 힘을 주시는 유영은 선생님, 두 분께 큰절을 드립니다. 늘 감사합니다.

[LA 중앙일보 2022. 4. 12.]

자기 풍선 찾기

    지난 'Mother's Day'에는 식구들이 모여 점심 먹고 큰딸의 작은 가든으로 몰려가 토마토, 오이, 고추, 상추, 깻잎, 쑥갓 등을 심으며 푸른 하늘과 솔바람 속에서 너무나 행복한 시간을 보냈다.

    큰딸은 높은 아파트에서 사니 뒤뜰에 정원을 늘 가지고 싶어 했는데 마침내 작년부터 조그마한 텃밭을 Department of Public Works Fort Lee로부터 추첨으로 얻게 돼 그 조그마한 텃밭에서 자라는 상추, 깻잎 등을 물주고 키우며 일 년 내내 즐거워했다. 며느리는 텃밭을 만지는 솜씨가 좋아 모종들을 잘 심고 우리는(딸, 아들 손녀, 나) 밭에 필요한 기구들을 나르며 벌써부터 여름내 무성히 자라나는 생명의 기적을 바라보고 있었다.

    딸이 그렇게 좋아하는 것을 보니 '행복을 만드는 것은 자기 손이 닿는 데에 꽃밭을 가꾸는 것이다.'라고 말한 '헤밍웨이의 법칙'이 생각난다. 헤밍웨이(Hemingway)는 미국의 소설가이자 저널리스트로서 노벨 문학상을 받은 미국의 크나큰 자부심을 가지고 자랑하는 작가이다.

이느 대학의 심리학 강의 시간이었다. 교수는 학생들에게 풍선 속에 자기 이름을 써넣고, 바람을 빵빵하게 채워 모두 천장으로 날려 보내라고 했다. 한참이 지난 다음에 교수는 '자기의 이름이 들어있는 풍선을 찾아보라'고 했다. 정해진 시간은 딱 5분이었다. 학생들은 자신의 풍선을 찾으려 부딪히고 밀치면서 교실은 아수라장이 되었다. 5분이 흘렀지만 자신의 이름이 들어있는 풍선을 찾은 사람은 단 한 사람도 없었다.

교수는 이번에는 아무 풍선이나 잡아 거기 넣어둔 이름을 보고 그 주인을 찾아주도록 하였다. 순식간에 모두 다 자기의 이름이 들어있는 풍선을 하나씩 받아 가질 수 있었다. 교수가 학생들에게 말했다.

"지금 시험한 '자기 풍선 찾기'는 우리 삶과 똑같습니다. 사람들은 필사적으로 행복을 찾아다니지만, 행복이 어디 있는지 몰라서 장님과 같이 헤맬 뿐입니다. 나의 행복은 항상 다른 사람의 행복과 함께 있습니다. 다른 사람의 풍선을 찾아주듯 그들에게 행복을 찾아 전해주십시오. 그러면 여러분도 행복을 누리게 될 것입니다."

이를 '헤밍웨이의 법칙'이라고 한다. 헤밍웨이는 행복의 의미를 다음과 같이 정의하였다. "행복을 만드는 것은 자기 손이 닿는 데에 꽃밭을 가꾸는 것이다"라고…!

나는 이 글을 읽으며 그래, 나의 행복은 멀리 있고 거창한 것이 아니라 내 손이 닿는 가까운 내 가족, 친지, 친구들의 꽃밭을 가꾸는 데 있음을 다시 한번 생각했다.

나는 요즈음 서울 요양원으로 떠난 큰 시누이가 많이 생각난다. 우리는 젊은 시절 뉴욕에서 오랜 세월을 함께 지내면서 참으로 많은 정을 주고받으며 지내다가 시누이 남편께서 2007년에 돌아가셔서 아들이 있는 산호세로 떠난 후 몇 년을 스트록으로 고생하다가 올해 딸이 있는 서울로 가셨다. 여고 시절부터 만나 남달리 정이 가는 사이여서 그런지 늘 보고 싶고 근황이 궁금하고 안타깝다.

그리움이란 떠나고 난 다음에 더 진해지는 것이 아닐까 다시 한번 되뇌게 되는 찬란한 봄날이다. 나는 오늘도 시누이를 그리워하며 그의 풍선 찾기에 여념이 없다.

[뉴욕 중앙일보 2022. 5. 25.]

경청(傾聽)의 힘
-제25회 해외문학상 수필부문 대상 수상작

십여 년 전에 떠난 남편이 많이 생각나는 요즈음이다.

한평생 살면서 우리의 대화는 그는 늘 듣는 쪽이었고, 나는 늘 말하는 편이었다. 오랜 세월 늘 그렇게 지냈기에 당연지사로 매김질이 되어 그가 없는 지난 세월 자식들 앞에서도 그들의 대화를 듣기보다는 나를 앞세워 떠드는 형으로 군림하려 했다. 자식들과도 오랜 세월 떨어져 있을 때는 잘 몰랐는데 늘 같이 있고 보니, 그러지 않아도 나를 여러 면으로 챙겨주느라 힘든데 그들 속이 어떡하겠나 생각하니 이제부터라도 말하기보다 듣기를 더 중요하게 생각하라는 경청의 의미를 생각했다.

경청(傾聽)! 한자로 풀이해보면 마음을 기울이고 들어준다는 말이다. 즉 남이 하는 이야기를 건성으로 듣거나 대강 듣거나 적당히 듣는 것은 대화를 잘하고 있다고 할 수 없고, 똑바로 듣고 정확히 듣고 철저히 들어야만 청(聽)은 제 역할을 다하는 것이라 했다. 이처럼 경청이란 다른 사람의 말을 주의 깊게 들으며 공감하는 능력이다.

얼마 전에 보내준 한 지인의 글이다. 제임스 버릴 엔젤은 1871 년부터 1909년까지 38년간 미국 미시간대학의 총장을 지냈다. 보통 대학의 총장 자리는 상황에 따라 민감한 자리여서 압력 또한 많이 받는 곳이기에 오랜 기간 유임하는 것이 매우 힘든 자리지만 그는 직원들과 학생들의 요구사항을 잘 조율시켰고, 모두를 만족하게 하며 학교를 운영했다.

그가 총장 자리에서 물러나기로 했을 때 기자들이 몰려와서 "그 어려운 자리를 오랫동안 유임할 수 있었던 비결이 무엇입니까?" 그러자 엔젤이 대답했다. "주변 사람들에게 나팔보다 안테나를 더 높이 세웠던 것이 비결입니다" 했다. 말하기보다 듣기를 더 중요하게 생각하라는 뜻이다. 아랫사람들에게 나팔처럼 계속 떠드는 것보다는 안테나가 전파를 잘 잡아내는 것처럼 사람들의 의견을 잘 경청하는 것이 유임의 비결이었던 것이다.

나는 오래전 남편이 의과대학생 때 그 학년 '총대(회장)' 자리를 일 년 하기도 힘든데 4년을 계속 유임하는 걸 보고 성격이 워낙 과묵하고 말이 많지 않은 성품으로 어떻게 그럴 수가 있나 생각한 적이 있었다. 그러나 생각하면 그는 늘 독단적으로 일을 처리하지 않고 안테나처럼 타인의 의견을 존중하고 수용하며 조율하는 올바른 경청의 자세를 취하기 때문에 가능했으리라 생각한다.

올바른 경청이란 무조건적인 수용을 의미하는 것이 아니라 상대방에다 말을 잘 들은 후 좋은 의견을 잘 받아들이고 나쁜 의견은 그것이 왜 나쁜지 상대에게 이야기하고 서로 조율하는 것이 훌륭한 경청의 자세이기 때문에 바른 판단과 결정을 내릴 수 있다 했다. 참고로 청(聽)자를 풀이하면 그 안에는 왕의 귀, 열 개의 눈, 하나의 마음이 있다 했다.

경청의 8가지 비법이다.

1. 혼자서 대화를 독점하지 않는다.

2. 상대방의 말을 가로채지 않는다.

3. 이야기를 가로막지 않는다.

4. 의견이 다르더라도 일단 수용한다.

5. 말하는 순서를 지킨다.

6. 논쟁에서는 먼저 상대방의 주장을 들어준다.

7. 시선(eye-contact)을 맞춘다

8. 귀로만 듣지 말고 오감을 동원해 적극적으로 경청한다.

우리가 한세상을 살면서 대인 관계를 이어나갈 때 이 경청의 힘이 얼마나 큰가 하는 것을 다시 한번 느끼며 오늘도 한 수 배운다.

[뉴욕 중앙일보 2022. 3. 3.]

잃어버린 상점(商店)

  나에게는 오랜 세월 드나들며 정이 든 상점이 하나 있다. 아이들이 갓 태어나 자랄 때부터였으니 아마도 몇십 년은 되었으리라.

  그 상점은 평화로운 동네 입구에 자리 잡은 조그마한 쇼핑몰 가운데 있는 작은 문방구점이었는데 학용품과 간단한 사무용품 따위를 파는 곳으로 아이들이 수시로 필요한 물품을 사느라고 시도 때도 없이 드나들다 보니 어느 사이 친근한 단골손님 대접을 받게 되었다. 나 또한 그 상점이 좋아 나를 위한 물품까지도 —예를 들면 일기장, 서류장, 편지함 등— 을 만지작거리는 시간이 더없이 즐거웠었다. 그것들은 내 삶에 여백의 공간을 제공해 주었고 나는 그 속에서 늘 자유로웠다.

  사람과의 만남은 세월을 뛰어넘어 인간의 근본적인 고독으로부터 고뇌를 덜어주고 삶의 기쁨과 슬픔을 같이 짊어지는 동행의 길을 걷기도 한다. 그런 친구를 가지고 있다는 자부심을 가질 때 우리의 삶은 넉넉하고 뭔가 든든하다고 느낀다. 그런 친구가 있어 봄날은 따스했고 희망의 노래를 부를 수 있었다. 작열하는 태양 속을 가르며 짙푸른 녹음 속에 여름은 익어가고 있었다. 미래를 향한 넉넉한 가을 들녘은 푸짐하게 우리를 감싸주고 있었으며 혹한 속에서도 겨울 달은 시리도록 아름다워 보였다.

한동안 소식을 전하지 못했다며 섭섭하다고 잽싸게 고개를 돌리는 그를 보면서 후한 인심을 자랑하던 주막집 아주머니를 생각한다. 오며 가며 들리는 방랑객들에게도 사랑과 정성으로 꾹꾹 눌러 국 한 사발 속에 인정(人情)을 나누던 우리 선조들…. 그들은 필시 지금도 살아 있으려니 왜 이다지도 현실은 각박한가.

평화로운 동네 입구에 자리 잡은 한 작은 문방구점. 어느 날 아무리 찾아도 이미 사라진 현실에 기겁하며 한동안 멍하니 서 있어야 했던 지난날의 그리움….

우리는 살아가면서 많은 상점을 만난다. 그리고 그 잃어버린 상점들을 찾으려 헤맨다. 지나온 세월을 둘러보니 그 많은 상점은 모두 나의 친구들이었다. 살수록 더 그윽한 삶의 신비성을 풍기는 친구가 있는가 하면 잃어버린 상점이 안타까워 애타게 만드는 친구도 있다. 그러나 생각하면 그들은 모두 나의 귀한 친구들이었다. 그들이 있음으로 해서 항상 마음의 여유를 느꼈고 삶은 지루하지 않았다.

우리는 늘 미래를 바라볼 수 있었고 꿈과 희망을 나눌 수가 있었다. 같은 배를 탄 동지들처럼 의기양양하게 세월을 건너가고 있었다. 삶은 이것으로 족한 것이다. 그 잃어버린 상점은 내 마음속에 영원히 살아 있다.

[뉴욕 중앙일보 2015. 3. 6.]

인연(因緣)의 소중함

만남은 하늘의 인연이요 관계는 땅의 인연이라던가!

세상의 모든 일은 만남과 관계를 통해서 이루어지고 있는데 나는 요즈음 첫돌을 맞는 친손녀를 보면서 새삼 인연의 신비를 본다.

내가 사는 동네에는 한국식당이 있다. 그 많은 세월 그 식당을 드나들면서도 무심히 지나쳤는데 요사이 왜인지 그 '풍림'이란 이름이 주는 이미지가 좋아 내가 아는 '풍림화산(風林火山)'이란 구절에서 그 식당 이름이 시작되었나 하고 궁금하기도 하다. 왜 냐하면 나는 나의 손녀의 모습에서 그 식당 이름이 떠올랐기 때 문이다.

'풍림화산'은 일본 전국시대의 무장(武將)인 다케다 신겐의 전 술을 나타내는 말이다. 빠른 것은 바람처럼 조용한 것은 산림처 럼 공격은 불처럼 움직이지 않는 것은 산(山)처럼 하라는 말이다.

손녀딸은 11개월이 지나고서부터 발걸음을 떼기 시작하더니 첫돌 때는 어찌나 빠르게 사방으로 돌아다니는지 잠시도 눈을 뗄 수가 없었다. 주위 환경에 민감하면서도 태도는 어찌나 조용하고 침착한지 웬만하면 칭얼대는 게 없고 늘 자기 일에 분주하다. 그런 손녀의 모습을 지켜보면서 이 늙은 할머니는 벌써부터 상상의 날개를 마구 펴며 꿈을 꾸고 있다.

나는 어느 사이 하늘이 맺어준 우리의 인연에 감사하며 고마워하고 있다. 한세상을 지나면서 보니 '풍림화산'이란 전술에만 해당되는 것이 아니다. 우리가 인생을 살아가면서 보니 때로는 바람처럼 빨리 움직여야 할 때도 있고, 때로는 숲처럼 천천히 걸어가야 할 때도 있으며, 때로는 불처럼 급할 때도 있고, 때로는 산처럼 고요할 때도 있다. 그럴 때 처한 상황에 맞는 판단과 결정을 신중히 하라는 그 문구가 너무나 가슴을 치는 것이었다.

먼 세월 넘어 지난날을 돌아보니 무엇이 그리도 바빴는지 늘 허둥대는 삶 속에서 오늘에 이르렀구나 생각한다. 한 세대를 다시 이어가는 손자들을 보며 우리의 인연 속에 내 꿈을 실어본다.

지난 주말에는 손녀를 데리고 오버펙파크에 가서 그네를 한참이나 태워주며 하루를 지냈다. 날씨가 별안간 따뜻해서인지 많은 사람이 오후 한때를 즐기고 있었다. 우리처럼 아이들을 데리고 나와 그네를 태워주고, 자전거를 밀어주고, 공차기를 하고,

웃고 넘어지고…. 갖가지 인연 속에 얽힌 많은 사람의 모습은 아름다운 하나의 풍경화(風景畵)를 만들고 있었다. 인연이란 가족 친구 스승 모두 이렇게 소중하게 얽히고설키어 이루어 나가는 소중한 한 폭의 그림인 것을.

[뉴욕 중앙일보 2015. 6. 2.]

가끔은 답이 없는 문제도 있다

우리가 어느 단체에 소속되어 있다는 것은 참으로 다행한 일이다. 아니 거창하게 단체라 할 것도 없이 어느 모임에 다닌다는 것은 실로 삶의 숨통을 열어주는 역할이다.

젊었을 시절에는 동창회다, 골프회다, 봉사회다 모임도 많아 좀 쉬고 싶은 지경까지 달했는데 요즘은 모든 것이 한산하게 돌아가 죽치고 앉아 있는 경우가 허다하다. 이 모든 것이 인생사 돌아가는 과정이니 누구를 탓할 수도 없는 자연의 이치라고는 하나 그래도 그럴수록 나로부터 시작되는 삶의 허전함을 나누고 싶은 것은 인지상정이다.

나는 가끔 '느림의 미학'을 떠올린다. "느림은 부드럽고 우아하고 배려 깊은 삶의 방식이며, 느림은 살아가면서 겪는 모든 나이와 계절을 아주 천천히 아주 경건하게 그리고 주의 깊게 느끼면서 살아가는 것이다. 그래서 시간을 급하게 다루지 않고 시간의 재촉에 떠밀리지 않으면서 나 자신을 잊어버리지 않는 능력을 갖는 것이다."라고 프랑스의 철학자이자 작가인 피에르 상소는 이야기한다.

젊은 시절 빨리 뛰어가지 않으면 처질 것 같아 나를 돌아볼 여유도 없이 그저 달리기만 한 것 같다. 달리면서 우리는 계속 투덜대며 삶은 불공평하다고 한탄하고 힘들어했다. 거기에는 항상 '나'라는 자아가 먼저였기에 남을 천천히 바라볼 마음의 여유가 없었던 것이다.

지난해 서울에 들렀을 때 바쁘고 분주하게 고속도로만 달렸지만, 몸이 불편한 동서를 만나러 국도를 지날 때는 주위를 돌아볼 여유가 생겼었다. 짧은 만남이었지만 우리는 진심으로 서로를 바라볼 수 있었기에 아쉽지만 이승에서의 이별을 감당할 수 있었다.

나는 살면서 때때로 믿었던 사람의 등을 볼 때도 있고 착하고 진실한 친구가 평탄치 못한 길을 걸어가는 모습과도 만난다. 그래서 삶은 답이 없는 문제들로 가득 차 있다고 투덜거렸다.

그런데 요즈음 나는 역설적으로 그 항상 먼저였던 자아를 밀어놓고 부드럽고 배려 있는 '느림의 미학'으로 삶을 둘러보게 되었다. 이 세상은 답이 없는 문제들로 가득 차 있기에 삶은 흥미롭고 살만한 가치가 있지 않은가. 철 따라 자연이 갖다주는 계절의 풍요로움 모두 저 잘났다고 아우성치는 사람들의 기성(奇聲), 미래를 향한 희망과 열정에 가득 찬 그들이 정확한 답을 제시한다면 세상은 얼마나 삭막하고 혼돈이 올까, 생각만 해도 끔찍하다.

스페인의 천재 건축가로 알려진 안토니오 가우디가 설계한 사그라다 파밀리아 성당은 1882년 착공에 들어간 이래 130년이 지난 지금도 계속 건축 중이고 가우디 서거 100주기인 2026년으로 완공이 예정되어 있는데 그 중 가우디가 완성한 것은 '그리스도의 탄생' 장식과 지하 성당뿐이다. 그는 다만 그의 종교적인 신념과 건축가로서의 천재성으로 불후의 걸작 사그라다 파밀리아 성당을 꿈꿨을 뿐이다. 언제 그것이 완성될지는 그 자신도 몰랐을 것이다.

나는 가끔 푸른 하늘을 올려다본다. 저 뭉게구름은 어디로 흘러가는 것일까… 하며 답이 없는 문제는 흐르는 인생이라고.

[뉴욕 중앙일보 2015. 6. 26]

길 위에서

사람은 신념과 희망을 위해 투쟁하고 쟁취할 때 생의 보람을 만끽할 수 있는 동물이다. 그래서 때로 우리는 길을 떠나고 싶어진다. 사람은 존재의 가치와 사랑을 위해 성심껏 나아갈 때 더욱 아름답고 사랑스럽지 않은가. 순간순간을 최선과 성심을 다해 살고 그 외엔 천명에 절대적으로 순응하며 자연과 대면할 때 많은 것을 얻는다.

미국과 캐나다 국경을 넘나드는 세인트로렌스강(St. Lawrence River)에 떠 있는 크고 작은 천섬(Thousand Islands)은 그 오랜 세월이 지나도 아메리칸인디언들의 아름다운 전설이 전해져 내려온다.

오래전 위대한 영혼인 마니토우가 하늘의 커튼을 열고 사람들에게 아름다운 정원을 집으로 주면서 절대로 싸우지 말라, 싸우는 경우 선물을 잃게 될 것이라 하였다. 그런데 사람들은 잠시

싸움을 멈추는가 싶더니 계속 다투므로 그가 다시 이불에 정원을 싸서 돌아가려고 하늘의 커튼을 열었을 때 그의 이불이 찢어져 정원이 세인트로렌스강으로 떨어져 바닥에 부딪치면서 수천 수백 개의 크고 작은 조각이 나 이 조각들이 천섬이 되었다고 한다.

이 천섬을 배로 한 시간이나 돌았는데 슬픈 사연을 지닌 볼트 성 락포드 마을 세인트로렌스 강변에 선원들의 성인인 성브랜단을 기리는 성당이 우뚝 솟아 있었다. 세계에서 가장 짧은 국제다리가 있는 자비콘 섬은 큰 섬이 캐나다에 있고 작은 섬은 미국에 있다고 한다. 세인트로렌스강과 섬들의 고귀함과 자연적인 아름다움은 대빙하기로 인하여 생긴 것이라 한다.

여러 섬 사이를 흐르는 깨끗하고 맑고 깊고 신선한 물은 놀라웠다. 그런데 그 아름다운 천섬들은 누구에게 관심 보이는 법도 없이 홀로 유구한 시간을 흘러보내고 있었다.

나는 나이아가라 폭포를 세 번 보았는데 보면 볼수록 신나는 선물이요 가슴속이 후련히 풀리는 죽마고우 같은 푸근함을 느끼곤 했다. 이번 8월에 나이아가라를 찾았을 때는 전에 못 가 본 미국 쪽에 있는 '바람의 동굴'을 찾았다. 그날 밤 따라 비가 억수로 쏟아져서 더 그랬을까, 폭포 밑 동굴에서 하늘 쪽을 바라볼 때는 그 장엄한 물보라와 바람이 사람들을 집어 올려 낚아챌 것

만 같았다. 우리 일행은 날씨가 나빠 바람의 동굴 관광을 포기할
까 했었는데 그때 그 상황에서 나이아가라를 본 것은 내가 본
나이아가라 중 제일 기억에 남는 하일라이트였다. 그 장엄하고
도도하게 쏟아지는 물줄기는 나라는 한 작은 영혼은 안중에도
없는 듯 억만년을 흐르고 있었다. 그런데 이상한 것은 나 자신이
작아지면서 마음이 평온해지는 것을 다시 한번 느꼈다는 점.

차 한 잔에 한 입 베어보는 메이플 크림 쿠키에서는 캐나다의
냄새가 메이플 시럽과 어우러져 늦은 오후를 한층 붉게 만들었
다. '세상은 보는 대로 보인다'고 했던가! 세상은 내 마음 끌리는
대로 있기 때문에 어쩌면 세상은 공평한지도 모른다고 생각했
다.

이번 여행에서 세상은 나한테 특별한 관심이 없다는 것이 내
게 아주 자연스럽게 다가왔다. 이는 역설적으로 내가 먼저 세상
에 관심을 가져야 한다는 것, 새삼 가슴으로 느끼며 이렇게 길
위에서 나는 행복했다.

[뉴욕 중앙일보 2015. 9. 3]

스승이 그리운 계절

　스승이 그리운 계절은 가을인가 보다.

　올여름 뉴저지에 머물면서 어느 해보다도 바쁘게 지냈다. 두 딸과 스페인 여행을 시작으로 여학교 동창들과 나이아가라도 둘러보고 한여름 내내 아들네 식구와 딸과 더불어 주말이면 뉴저지 쇼어를 넘나들며 바다 냄새를 들이마시곤 했다.

　그런데 어디를 가나 우리 또래의 사람들은 드물고 젊은 사람들이 판을 치고 있었고 우리 또래들은 뒷전이었다. 친구들을 만나려고 해도 모두 다 의기소침해져 있었고 운전하는 것도 힘들어했다.

　당연지사이련만 마음 한구석은 싸늘한 바람이 일고 있었다. 세월을 이기는 장사 없다더니 그렇게 좋아하던 골프도 허리가 아파 못 치고 그저 못하는 것 천지였다. 나는 오기가 나 골프 연습이라도 해야겠다고 연습장에서 일주일에 한 번씩 3주를 연습하다가 결국 탈이 나고 말았다. 별안간 연습을 너무 많이 해서 그런지 가슴이 갑자기 아파 와서 심장에 이상이 생겼는가 아이들까지 걱정하게 했다.

어디 그것뿐인가! 가끔씩 전해오는 뼈마디 저림, 피부가 약해졌는지 조그마한 자극에도 가려움증이 생겨나고 전화 속에 들려오는 친구들의 목소리는 때로 저 혼자 중얼거리고⋯. 나는 친구들만 엄살을 떤다고 늘 핀잔을 주었는데 요즈음 세월의 무상함을 느낀다. 그래도 이런 것은 하나님이 주신 자연적인 도태 현상일진대 이로부터 시작되는 정신적인 허구는 우리들 매일의 삶을 나태, 지루함, 허무, 우울로 끌고 가서 노년의 삶을 병폐로 만든다.

삶은 우선 재미있어야 한다.

자기가 하는 일에 재미를 느껴야 희열을 느끼고 세상만사가 빛을 발한다. 내가 잘 아는 어느 선배 지인은 얼마 전 팔순을 맞으셨는데 은퇴 후 취미로 시작하신 서예와 동양화로 침묵의 시간을 사랑하시더니 편안하고 느긋한 노년을 우리들에게 보여주셨다. 나는 그분을 보면서 문득 한 35여 년 전 내가 젊은 엄마였던 시절 그 바쁜 시간 속에서도 소설(책)에 빠져 헤어나지 못하던 때가 내 삶에서 참 재미있었던 때였구나, 그 시절이 생각나고 또 그리웠다.

생각하면 책을 읽는 것도 주기가 있나 보다. 아마도 중·고등학교 시절이었던가. 큰오빠가 결혼해 수원으로 전근을 가 있던 시절, 방학이 되면 오빠네 집으로 내려가 가슴 설레며 읽었던 ≪젊은 베르테르의 슬픔≫ ≪카라마조프의 형제들≫…. 1966년 미국에 떨어져 10여 년이 지난 1980년대 초 오랜만에 손에 쥔 박경리 선생의 ≪토지≫, 야마오카 소하치의 ≪대망≫ 등은 내 현실의 삶을 잠깐씩 묶어놓곤 했다. ≪대망≫은 너무 재미있었다. 15세기 중엽에서 16세기 말엽에 걸친 일본의 전국 난세를 평정하고 통일을 이뤄내기까지의 파란만장한 삶을 그린 대하소설인데 작가의 그 심리묘사와 이야기를 풀어가는 탁월한 솜씨가 가히 사람의 심금을 울렸다. 나는 그 책을 두 번이나 통독했다.

이 나이가 되도록 나를 늘 지탱하게 해 주시는 나의 정신적 스승은 이제는 안 계신 전인기 선생님이시다. "좋은 책은 훌륭한 스승이다"라는 문구를 생각하면 언제나 선생님 모습이 떠오른다. 나도 이제 소란스러운 사람들의 무리에서 벗어나 침묵의 시간을 사랑할 때가 되었나 보다.

[뉴욕 중앙일보 2015. 10. 24.]

찰리와 함께 받은 스트레스
- 둘째 딸의 애견

플로리다(Florida) 할머니 집에서 일주일간의 크리스마스 휴가를 보내고 조지아(Georgia) 자기 집으로 돌아가기 위해 차에 오르는 찰리(Charlee)의 모습은 기진맥진해 보였다.

17살의 찰리가 이젠 많이 늙었구나, 사람의 나이로 치면 백 살이 넘었으니 그 윤기 흐르고 당당하던 몸매(저먼 세퍼드종)에서는 옛날의 기백은 찾을 수 없고, 많이 여위었다. 눈발을 휘날리던 턱수염, 부드러우면서도 날카롭던 눈매도 총기를 잃었다. 작년까지만 해도 뒤뜰에서 공놀이를 무척 즐겼는데 그 좋아하던 공도 시큰둥하게 쳐다만 보기 일쑤였고, 풀밭에서 두 번이나 넘어져 한참 동안 못 일어나기도 했다.

둘째 딸이 집에 도착하자마자 수의사(獸醫師)한테 데려갔는데 늙은 찰리에게는 이번 여행이 무리였다고 했단다. 바뀌어진 환경에서 스트레스를 많이 받았다면서 집에서 부드럽게 잘 대해

주라고도 했단다.

이 세상 천지 만물이 모두 스트레스 속에 살고 있음은 자타가 공인하는 바이지만 그렇게 건강하고 영민하던 찰리가 늙음이 가져다준 마력을 견뎌내지 못하고 실수를 여러 번 하고 즐겁게 놀지도 못하고 집으로 돌아간 것을 생각하니 마음이 안쓰러웠다. 더구나 찰리가 힘들겠다는 생각은 꿈에도 않고, 나만 늙어간다고 푸념만 했으니….

스트레스란 무리한 요구에 대해 보내는 우리 신체의 불특정적 반응이라고 백과사전에서는 말한다. 스트레스는 때로는 불쾌하기도 즐겁기도 하는데, 사람과의 관계, 일, 심지어 환경에서조차 스트레스가 유발될 수 있다고 한다. 이 모든 스트레스를 피하는 것도 불가능하고 또 이 스트레스를 완전히 피하는 것을 원하지도 않을 것이지만, 그러나 이 스트레스의 계속 증가와 지속은 신체와 정신 건강에 피해를 줄 수 있고 면역체계를 약화시키고 두통, 궤양, 소화기 장애, 불안 및 피로를 유발할 수 있다고 한다.

올해 우리 집 크리스마스 휴가는 예년에 비해 더없이 떠들썩했다. 할아버지가 돌아가시던 해에 백일(百日)을 지나던 외손녀 Caitlyn이 어느새 여덟 살, 외손자 William이 세 살로 자랐으며 친손녀 Abigail이 한 살 반이 된지라 잠시라도 눈을 뗄 수 없이 쫓아다니며 바쁘게 지내느라고 찰리는 안중에도 없었다.

딸애를 통해 찰리가 스트레스를 많이 받았다는 수의사(獸醫師)의 말을 듣고서야 나 또한 늙음이 주는 스트레스에 휘말려 있었음을 깨달았다. 그러고 보면 찰리와 나는 이번 크리스마스 휴가에 즐겁기도 했지만 '늙음이 주는 스트레스'에 많이 시달렸구나 생각했다. 그런데 찰리는 얼마나 의젓하고 늠름하게 비록 몇 번씩이나 쓰러지는 고통 속에서도 잘 버티었는가.

잔소리, 자기 고집만 부리며 좀 더 아이들 편에 서 있지 못하고 늙음을 과시하던 나의 어리석음에 한없이 부끄럽다. 나는 이번에 찰리를 보면서 자연이 주는 위력 앞에 인간이 얼마나 약한 존재인가를 다시금 생각했다. 또한 적어도 '늙음이 주는 스트레스'에 휘말리지 않도록 나 자신을 가꾸어야겠다.

스트레스는 외부에서 얻어지는 것이 아니라 나 자신이 스스로 만든다 했다. 다시 말하면 무슨 일 앞에서도 자신의 생각을 바꾸기에 따라 그 스트레스의 위력도 기(氣)를 펴지 못할 것이다.

[2016. 1. 5.]

어느 겨울 아침

조용한 겨울 아침이다.

보통 때 같으면 오늘은 골프를 치는 날인데 요즈음 오른쪽 어깨에 이상이 생겨 좀 쉬기로 했다. 사람의 몸도 기계와 같아서 무리하면 서럽다고 늙음을 과시하는가 보다. 그도 그럴 것이 연말연시 할 일도 많았고 또 해야만 했기에 그 서러워하는 늙음을 그저 지켜보기로 했다.

오늘따라 잔뜩 흐린 하늘에서는 가는 이슬비가 뿌렸다 거뒀다 마음을 정하지 못하고 서성거린다. 나는 그 모양새가 더 서러워 한바탕 야단을 쳤다. "…아니 구름 낀 희뿌연 겨울날도 때로는 삶의 여운을 준다고…." 비는 한바탕 쏟아지고 있었다.

인간은 미각 후각 청각 시각 촉각이란 오감(五感)을 지니고 있는데 그중 인지 능력이 가장 우수한 것이 시각이라고 한다. 그런데 언제부터인지 나 자신이 이 시각과 미각이 동시에 일어나고 있다. 다시 말하면 입으로는 소리를 내어 웃고 있는데 눈에서는 시야가 흐릴 때가 많아졌다. 예를 들면 지난여름 위, 대장 내시경을 이제는 안 받아도 된다는 얘기를 의사로부터 들었을 때 '어머 그래요!' 하며 소리 내어 웃었는데 가슴은 휑하니 멀겋고 눈은 먼 시야를 보는 느낌 같은 거 말이다.

우리 마을은 청각이 나빠진 친구들이 많은데 이건 자기만 못 듣는 것이 아니라 목청까지 커져서 무슨 얘기를 하려면 주위를 한번 돌아보고 나서 해야지, 그렇지 않으면 사방에서 힐끗힐끗 쳐다보니 이건 청각과 시각의 합작이라 하겠다. 사람이 늙으면 오감이 무디어지는 것이 당연지사이련만 때로는 마음까지 무디어져서 세상만사가 무감각 상태에 이르니 서럽기까지 하다.

오늘따라 집안은 적막하리만치 휑한데 창문을 스치는 빗소리만 간간이 들릴 뿐이다. 그런데 얼마 만인가! 이렇게 조용한 아침을 맞이하는 것이…. 매일 맞는 일상사인데… 그 매일을 내가 그 무엇을 하고 있다는 그 자체가 실은 삶의 활력소였음을 일깨워 주었다. 사람이 늙으면 오감이 무디어지지만 그런대로 자기가 하는 일에 재미를 느끼면 삶은 탄탄대로에 놓여있는 거나 같을 것이다. 세상만사에 무감각 상태에 빠져 있는 것보다 지금부터라도 내가 하는 일에 재미를 붙이도록 정성을 쏟아야겠다.

"아니 형수님! 이게 웬일이십니까! 이렇게 혼자서 식사를 하시다니요…!"

이 말은 수십 년 전 내가 기운이 펄펄 나던 시절 플러싱에서 장을 혼자 보고 새로 생겼다는 어느 식당에 생전 처음 혼자 들어갔다가 남편 후배님을 만나 혼비백산했던 때 이야기다. 이것은 수십 년 전 일이나 지금도 우리는 혼자 그 무엇을 한다면 외눈으로 힐끔힐끔 거기다가 다양하게 웃음을 머금고 둘러본다.

그런데 요즈음 나는 혼자 하고 싶은 일이 많아졌다. 예를 들면 식당이라든가 여행이라든가 하는 것 말이다. 우리도 언제쯤이나 남의 눈치 안 보고 혼자만의 낭만(?)을 맛볼는지…. 원 참! 남편 있던 호(好)시절에 혼자 여고생들과 여행 한번 못 가 본 것이 무척이나 아쉽다. 그러나 생각하면 인생 여정에서 늙음과 젊음이 자로 재듯 딱 분리되어 있는 것도 아닐 터, 세상만사에 관심을 가지고 자기가 하는 일에 재미를 느낄 때 허물어져 가는 오감(五感) 속에서도 오늘을 기쁘게 살 것이다.

[뉴욕 중앙일보 2016. 2. 4.]

chapter
2
—
일
상
의

기
적

운동화(運動靴) 예찬

나는 운동화 신는 것을 좋아한다. 밖에 볼일이 있어 신발을 신을 때 운동화를 신으면 편하고 때론 신선한 자극까지 받는다.

운동이나 산책을 요하는 것이 아니라 일상사의 볼일을 보러 외출할 때도 엎드려 운동화 끈을 꽉 쪼일 때는 조금 전까지도 없던 오늘 하루의 박진감까지 전신에 스며들어 활력소를 얻는다.

그러고 보니 젊었을 때부터도 나는 운동화를 좋아했지만, 때와 장소를 가려 신발을 신어야 한다는 관념에 젖어 운동화는 늘 뒷전이었다.

어느 해던가, 몇십 년은 족히 되었을 것이다. 서울을 다니러 갔을 때 매일 서울 바닥을 운동화를 신고 헤집고 다니는 것을 본 친정 큰언니는 남의 속도 모르고 "얘야, 너는 참 검소하구나! 예전이나 지금이나… 미국에서 온 사람들 보면 치장이 보통이 아니던데…." 그때만 해도 운동화란 전적으로 운동할 때 신는 신발이었지만 사실상 평상시에 신고 다닐 수 있는 편한 신발이었다.

이제 잠깐 운동화에 관한 역사를 둘러보면 운동화는 1870년에 새무얼 플림솔(Samuel Plimsoll)이 만든 샌드슈즈(sand shoes)로 흔히 보는 고무로 된 깔창에 끈 없이 면으로 둘러싸여진 신발을 생각하면 쉽다.

이후 영국의 체육선수인 JW 포스터가 설립한 리복에서 스파이크가 달린 러닝화를 만들어 많은 올림픽 선수들의 기록 경신에 크게 기여를 했고, 1917년에 농구선수 척 테일러를 위해 만들어진 최초의 농구화이자 전설적인 패션 아이템인 컨버스가 출시되었다. 그 뒤로도 러닝화에 대한 연구는 계속 이루어졌으며 1980년대 나이키를 필두로 그 유명한 와플 모양의 깔창이 달린 와플 트레이너와 에어조던 같은 세련되고 현대적인 운동화들이 이때 만들어졌다. 그리고 1990년도엔 투명한 에어쿠션이 달리거나 끈이 없는 혁신적인 모델이 나오기도 했다.

이러한 성장을 이어 온 운동화는 1980~90년대 이후로 여성들도 신고 다니는 게 일반화되었다. 요즘에는 조깅·워킹 열풍으로 조깅화·워킹화 등이 출시되기도 한다. 하물며 내가 좋아하는 줌바(zumba) 교실에서도 줌바 신발을 권하기도 하지만 나는 보통 운동화를 신고 운동한다.

누가 나에게 "운동화를 그렇게 좋아하는 이유를 대."라고 한다면 몇 가지 예찬론이 있다.

첫째, 운동화는 다른 신발에 비해 우선 활동하기에 편하다. 둘째, 구두 등 다른 신발에 비해 계급이 별로 없이 평등하다. 일례로 구두 같은 것은 그 모양 자체부터 높이가 높고 낮고, 둥글고 째지고, 색깔부터 요란스러워 검고 희고, 노랗고 빨갛고, 때로는 정신부터 혼란스러운 것에 비해 운동화는 그래도 그 계급이 착하다. 일례로 대통령의 영부인이 운동화를 신었을 때 그저 운동화지, 그 운동화의 높이를 눈여겨보지는 않는다는 얘기다. 셋째, 건강에 좋다는 것이다.

나는 지금도 사회구조에 따라 다양한 모양의 구두를 신고 매일의 삶을 지나고 있지만 가능한 한 내가 좋아하는 운동화를 신고 다니다 보면 천릿길도 반으로 줄어진 듯 몸도 마음도 가벼워진다.

나는 아직도 이탈리아제품의 살바토레 페라가모(Salvatore Ferragamo) 구두를 좋아하는데 구두가 너무 편해 몇십 년을 두고두고 신는다. 특히 늦가을부터 겨울, 초봄을 지낼 때 싸늘해진 내 발을 감싸주고 언제나 한껏 멋을 풍기는 낮은 굽의 나의 까만 부스는 구두창을 몇 번씩 갈고도 십여 년 넘게 나와 동행하고

있다. 그런데 그렇게 편한 페라가모 구두도 때론 옆으로 잠깐
밀어놓고 운동화 끈을 꽉 쪼이면서 오늘 하루도 신선한 자극을
받는다.

[뉴욕 중앙일보 2016. 7. 27.]

옛집 방문기

　이서지 화백님은 특히 조선 시대에서 근대사회까지 우리나라 사람들의 모습과 정취를 감칠 맛 나게 담아내는 풍속화가로 유명하다. 그분의 풍속도 〈주유천하(周遊天下)〉를 보는 마음으로 오랜만에 브루클린 고향 집을 찾았다.

　내가 그곳에서 30여 년을 살았고, 이 세상에서 처음으로 장만한 집이었기에 남다른 정(情)이 듬뿍 들어서인지 그 집은 늘 생전에 고향을 느끼는 곳이었다. 근 15년 전에 그 집을 떠났지만 나는 왜인지 역설적으로 그곳에 가고 싶지가 않았다. 더구나 아이들의 말에 의하면 그 면모가 변해 너무나 큰 집으로 변했다는 것이다. 나는 서운하고 그리운 나머지 내 가슴에 새겨져 있는 그것으로 족할 뿐 한 번도 보고 싶지가 않았던 것이다.

　그러던 차 며칠 전 브루클린에서 열리고 있는 바브라 스트라이샌드의 콘서트를 보러 갈 기회가 생겨 마음을 다져 먹고 고향

집을 둘러보기로 했다. 브루클린 남단 보트 선착장을 품고 있는 이 조그마한 동네는 그동안 많은 변모를 거쳐 조그마한 땅에 크고 웅장한 집들이 기라성을 이루고 있었다. 나는 마치 내가 다른 동네에 와 있는 기분이었다. 그런데 이상스레 내 마음은 생각했던 것보다 차분했고 없어졌다고 생각했던 나의 고향 집은 그대로 서 있었다. 크고 웅장하게 변한 그 모습에서 여전히 나의 작은 고향 집이 손을 흔들고 나를 반기고 있었다. 나는 참 잘 왔다고 몇 번이나 다짐하면서 기분이 좋았다.

수천만 년 지나면서 인간이 만든 모든 것은 이렇게 있다간 없어지고 없다간 다시 있어지곤 하건만, 벨트파크웨이를 달리면서 펼쳐지는 대서양의 저 끝없는 파노라마는 예나 지금이나 변함없이 내 가슴을 푸르게 적시고 있었다.

아, 시원해라. 찌는 듯한 8월의 태양이 싱긋 웃고 있었다. 1960년대 말부터 나는 프로스펙트파크를 많이 찾았다. 그때 살던 병원아파트가 공원에서 그리 멀지 않았기에 어린 큰딸을 데리고 브루클린식물원을 수시로 드나들기도 했으며 봄마다 열리는 벚꽃축제를 만끽하곤 했다.

오랜만에 공원을 둘러보며 그곳에서 멀지 않은 바클레이스센터에서 바브라 스트라이샌드의 'The way we were' 'Memory'를 들으니 마음이 느긋해지며 젊음을 살았던 그곳이 아름다워 보였다.

나이가 들어 늙고 보니 언제부터인가 몸과 마음이 노여움을 잘 탄다. 몸은 마음이 시키는 대로 잘 따라주지 않으니 짜증부터 나고 마음은 소심해져서 매사에 걱정을 달고 산다. 그런데 요즈음 문득 자기에게 주어진 처지에 맞게 느긋한 마음으로 산천 경관을 구경하듯 살아야겠다는 생각이 들었다.

산천초목은 내가 집착하는 것이 아니요, 흘러보며 터득하는 것이요 내 삶을 풍요롭게 해 주는 것이니 세상만사가 모두 똑같은 이치이리라. 인간관계에서 오는 섭섭함과 불만도 하나의 풍경일진대 이서지 화백의 〈주유천하〉는 참으로 멋진 풍속도라고 다시 한번 다짐해 보았다.

오랜만에 나의 옛집이 있는 브루클린에서 딸과 함께 보낸 하루가 즐거웠다.

[뉴욕 중앙일보 2016. 8. 25.]

시간을 즐기는 사람

봄도 이제 활짝 열려 3월도 막바지로 넘어서고 있는데 으스스한 한기가 전신을 넘나든다. 아무리 사소한 일이라도 매일 계속하다보면 절로 철학이 생겨난다는데 이 핑계 저 핑계로 하던 일도 순간순간 멈추고 싶은 유혹은 춘풍(春風)에 한기(寒氣)를 벗삼으려는 마음과 무엇이 다른가.

아침 햇살이 하얗게 웃고 있는 뒤뜰을 바라보며 며칠 전에 서울서 도착한 막내 시동생의 〈뭍을 거닐다〉라는 사진도록을 감명 깊게 가슴으로 바라보고 있다. 그는 서문에 이렇게 적고 있다.

오랫동안 산과 들을 거닐다. 무료함에 새삼스레 눈에 띈 것이 야생화, 신비함에 끌려 카메라를 구입한 지 어언 10년이 넘었다. 신비함은 야생화만이 아니었다. 눈에 보이는 모든 삼라만상이…

앵글을 통해 새 모습으로 나타난 형상은 참으로 전율을 느끼게 하는 찰나! 찰나! 찰나였다. 형상을 찾으러 감동을 찾으러 찰나를 찾으러 오늘도 카메라를 들고 뭍을 거닐어야겠다. ….

그는 올해 칠순을 맞으며 자신의 삶을 이렇게 아름답게 표현하고 있었다. 그의 작품세계는 국내, 국외의 산과 들로 두루 펼쳐지는데 인천대교를 위시하여 굴포천, 두리 생태공원, 물안개, 설경, 빙어낚시, 동심 등 고국의 풍경들을 참으로 다양하게 엮고 있으며 국외로는 중국 장가계의 어필봉을 위시하여 캄보디아 앙코르와트, 베트남, 하롱베이, 티톱섬, 태국 백색사원, 인도 갠지스강, 오스트리아 할슈타트 호수, 캐나다 나이아가라 야경에 이르기까지 다양한 모습을 담고 있어 하나님이 만드신 신비한 세계를 겸허하게 바라보는 듯했다.

뉴욕에서 몇십 년을 같이 지내다가 LA로 떠난 나의 절친한 한 지인은 요즈음도 거의 매일 남편과 같이 바닷가를 산책한다. 매일 무엇을 한다는 것이 쉽지 않은데 그것은 오로지 남편의 건강을 위해 하나의 루틴이 돼 버렸다. 내가 그의 집을 방문했을 때 우리는 자연스레 바닷가를 같이 거닐었었다. 그는 지나온 세월에 감사하며 오늘을 있게 한 신의 섭리에 새삼 그 의미를 헤아린다고 했다.

지난 세월을 돌아보면 나의 삶이 가장 아름답고 기쁘고 흥미롭고 즐거웠었던 때는 그 무엇을 열심히 사랑했을 때였다. 아니 그것은 지금도 마찬가지다. 그것은 자기의 처한 입장에서 사소한 집안일일 수도 있고 자기 꿈을 길러주는 예술성일 수도 있다.

　시카고에 살고 있는 나의 한 친구는 노년의 삶을 즐겁고 보람 있게 보내고 있는데 그는 주중에는 딸네 집에 기거하면서 자라나고 있는 손자 손녀들의 모습을 같이 호흡하고 주말이면 또 다른 해방감에서 부부만의 노년을 즐기니 요즘처럼 삭막한 가족 간의 유대를 해소하고 있다 하겠다. 정말 꿩 먹고 알 먹는 격이다. 부러운지고….

　사람은 일이 있어야 나태하지 않고 생활의 리듬도 있고 삶의 보람도 느끼며 건강도 유지된다 했거늘 혼자를 즐길 줄 아는 노년은 몸과 마음이 건강하다 했다.

　내가 그 무엇을 할 수 있다는 그 자체가 얼마나 감사한 일인가. 그러고 보니 해야 할 일이 너무나 많다. 혼자에 익숙해지면 시간은 더없이 즐거워질 것이다.

[뉴욕 중앙일보 2016. 3. 30.]

골프의 성(城)

몇 년 전까지만 해도 안 그랬는데 언제부터인가 골프를 치면서 나는 많은 계산을 한다.

'내 나이가 몇인데 그냥 운동 삼아서 슬슬 치는 거지 뭐. 꼭 잘 쳐야 한다는 강박관념을 넘어 잘 치면 좋고 못 쳐도 괜찮고….'

이렇게 시작한 18번 홀은 더블블기로 매김질하고 1번 홀로 들어서니 티샷이 조로가 나 결국 트리플보기(7)로 막을 내리는데 '언제 18홀이 다 끝나나.' 벌써 지루하고 김이 빠지고 있었다.

무심한 중에 두 번째 홀에서 티샷을 하니 이상하게 몸에 리듬이 잘 맞고 두 번째 샷은 거의 홀 근처에 다다르는 것이었다. 그 애증의 자신감이 퍼팅에서도 나를 리드하고 있었다. 노련한 리더는 어느 한 고지를 탈환하려 할 때 우선 그 지리를 살피고 작전에 들어간다 했거늘 이곳 428야드의 파 5인 세 번째 홀은 언뜻 보면 넓은 들에 양면으로 우아한 집들이 자기들만의 기품을 자랑하고 있는 목가적인 풀숲으로 보이지만 간혹 높이 창공에 떠 있어 먹이를 낚아채려 비상하는 독수리란 놈은 이 성(城)을 잘 살펴보라고 조언한다.

우선 홀 초입부터 입을 벌리고 있는 왼쪽의 큰 벙커는 까딱 힘이라도 들어가는 날에는 벙커 가까이에 놓여있는 흰 말뚝(out-of-bounds)을 넘어서기도 해 말할 수 없는 위기를 당한다. 거기다가 오른쪽으로 힘을 준 샷은 낭떠러지로 볼이 굴러 갈대 숲에 몸을 숨기니 벌타 먹기가 부지기수다. 그러나 네 번째 샷이 그린에 사뿐히 머리를 숙이니 늘 힘들고 묘하기만 하던 그곳에 당당히 깃발을 날릴 수가 있었다. 그런데 마음은 무던히도 평안하고 조용하니 참 신기하구나 하면서 네 번째 홀을 둘러본다.

그러나 이러한 자신감이 매번 좋은 샷을 날린다는 것은 아니다. 네 번째 홀에서 날린 티샷이 비거리를 날려 많이 직진했지만 두 번째 샷이 해저드에 걸려 난조를 보였는데 이상스레 운(運)이란 놈은 늘 나를 위기에서 지켜주는 것이다. 한 예로 핸디 1번인 436야드의 파5인 14번째 홀을 도전할 때를 생각하면 참으로 난공불락의 성이었다. 우선 티그라운드에 올라가 사방을 둘러보니 왼쪽으로는 소나무, 떡갈나무들이 빽빽히 숲을 이루고 있는데 티샷이 떨어질 만한 지점에는 벙커가 입을 벌리고 있고 큼직

한 집들이 드문드문 늘어선 오른쪽으로는 호수를 끼고 있어 더 없이 평화로워 보였다.

힘차게 중앙선으로 달리라고 기대했던 나의 티샷은 오른쪽으로 흘렀지만, 그런 대로 고지를 향해 질주해 네 번 만에 성에 오르려 했지만, 벙커에 오금이 저려 자신 있는 샷을 결국 저버리고 오른쪽으로 흘러 5번째 샷으로야 힘들게 성을 바라보게 되었다. 그런데 뜬금없이 벌어지는 이 난항에 마음이 흔들려 5번째 샷을 땅을 찍고 보니 6번째야 그린에 올라가게 되었다.

결국 트리플보기(8)를 하게 되는구나 하고 홀을 향해 볼을 굴리니 그 칩샷이 그대로 한참을 굴러가더니 홀컵 안으로 그대로 빨려 들어가는 것이 아닌가. 나는 오랜만에 속으로 함성을 지르며 골프에 한참 열을 올리던 그 시절에 느꼈던 그 희열을 맛보았다.

이렇듯 난공불락의 14번째 성에 깃발을 꽂고 보니 1998년 그러니까 18년 전 버지니아주 윌리엄스버그의 킹스밀리조트에서 있었던 세브란스 연례 골프대회에서 84타를 쳐 여성부 챔피언의 영예를 맛보았던 시절이 문득 떠올랐다. 그날의 영예는 나의 골프 실력이 뛰어나서 이루어진 것이 아니라 나의 자신감과 운이 인연을 맺어 바로 그날 일어난 특별한 일이었다.

내가 골프를 치면서 매번 좌절하는 상황이 있듯이 우리의 삶도 난공불락의 성에 부닥치는 일이 너무도 많다. 생각지도 않았던 나의 볼이 홀컵으로 빨려 들어가듯 우리의 삶도 생각지도 못했든 기쁜 일이 얼마든지 일어날 수 있다고 나는 믿는다.

나는 그날 너무나 기뻤다. 골프가 잘 맞아 기뻤다기보다 인간에게는 무한한 가능성이 존재한다는 그 자체에 희열을 느꼈다. 비스와바 쉼보르스카(1996년 노벨문학상을 수상한 폴란드 시인)의 시(詩) 한 수가 떠올랐다.

　　두 번은 없다./ 지금도 그렇고 앞으로도 그럴 것이다./ 그러므로 우리는 아무런 연습 없이 태어나서… 반복되는 하루는 단 한 번도 없다….

나는 오늘도 두 번 다시 없는 오늘 하루를 기억하고 싶은 하루가 되기를 바란다.

[뉴욕 중앙일보 2016. 4. 29.]

나는 콩나물이다

나는 오늘 플로리다에 사는 친우에게 콩나물 콩을 정성스레 보냈다.

요즘 세상에 그 흔한 콩나물을 길러 먹는 사람도 다 있나 하겠지만, 한국장을 보려면 근 70마일을 가야 하는 번거로움도 있고 이 미국 땅에서 반세기를 넘게 살고 있지만 어릴 적 엄마 밑에서 보고자란 그 '시루' 속에서 정갈하고 푸짐하게 자라던 그 콩나물을 재현해 보고 싶은 마음에 몇 번을 시도하긴 했다.

그녀는 매일매일 쑥쑥 자라는 그 황홀한 생명력에 탄성을 지르며 그녀는 요사이도 가끔 콩나물을 만들어 한평생을 도시에서만 자란 그 속 재미를 모르는 나에게도 인심을 쓴다. 가을이 깊어 플로리다로 내려 갈 때면 나는 으레 '콩나물 콩'을 챙긴다.

그 콩나물은 정말 무공해의 푸짐한 음식으로 나의 식탁을 즐겁게 해주곤 한다.

요즈음 교회에서 7주간 실시되는 여름철 성경공부를 하는 중에 그 콩나물을 맛있게 먹는 데에 그치지 않고 나에게 많은 교훈을 주는구나 깨닫게 되었다. 주제는 신앙생활의 기초로서 건강한 신앙생활에 대한 이해, 건강한 교회생활에 대한 이해, 참석자 간의 친교와 기도가 목적이다. 어느 주일 '성경은 어떻게 읽는가'라는 주제로 강의가 있었다.

목사님의 강의 중에 "교회를 몇십 년 다닌 교우들도 성경을 통독하지 못하는 원인이 뜻과 이해가 안 되는 상황에서 지루하고 영적인 반감이 생기기 때문에 못 읽는 것이다. 예를 들면 우리가 콩나물을 기를 때 어떻게 콩나물이 이렇게 자라지 하며 물을 주는 것이 아니고, 그냥 매일 콩나물 위에 물을 부면 그 콩나물이 자라듯이 매일 규칙적으로 이해가 되든 안 되든 성경을 읽다 보면 콩나물이 자라듯이 말씀의 능력이 다가온다."라는 말씀을 하셨다.

그렇다! 생각하면 모든 그 준엄한 인생의 진리는 늘 우리 가까이에서 편안하고 정답게 살포시 맴돌고 있는 것이다.

세월이 흘러 80줄을 넘나보는 시점에 이르고 보니, 때로는 세상만사가 훤히 들여다보이는 것 같아 모든 일이 시들하고 하던 일도 고만둘까 하며 서성거리다가도, 때로는 불꽃처럼 번쩍

거리며 아, 하고 싶은 일도 많고 배우고 싶은 일도 참 많구나~ 그러나 장벽도 많은데 하며 풀이 죽곤 했었다. '콩나물의 자세'로 마음을 잡고 보니 새로운 용기가 전신을 넘나든다.

우리가 매일 그 무엇을 반복한다는 것은 쉽고도 어려운 일이다. 그러나 이 쉽고도 어려운 일을 규칙적으로 하다 보면 습관이라는 관습을 만드는데 이것을 계속하다 보면 사람을 변화시키는 것이다.

매일 걷는 사람은 건강을 유지하고, 매일 좋은 글을 읽는 사람은 삶의 자양분을 얻고 매일 취미생활을 하는 사람은 삶의 기쁨을 얻는다. 우리 모두는 유한한 세월속에 깊은 고독을 끌어안고 살고 있지만 나 자신이 '콩나물의 자세'로 세상을 바라보면 콩나물을 적셔주는 희망의 물줄기가 내 주위에 얼마든지 널려 있는 것이다. 나는 오늘도 그 신선한 물줄기를 찾아 감사의 기도를 드린다.

[2017. 7. 8.]

크레이지 호스의 서사시

    지난여름 미국 중북부를 돌아보는 기회가 있었다.

    사우스타코다주의 블랙힐스 산자락에는 27km의 거리를 두고 극단적으로 대조되는 두 암각상이 있다. 그 하나는 미국의 상징인 러시모어 바위산의 대통령 얼굴로 미국의 건국, 성장, 보존, 발전에 기여한 초대 조지 워싱턴, 3대 토마스 제퍼슨, 16대 에이브러햄 링컨, 26대 시어도어 루스벨트 등 4명의 위인이다.

    1923년 사우스타코다의 역사학자 로빈슨이 조각가 거천 보글럼을 초빙하였다. 보글럼은 1925년부터 적당한 바위산을 찾기 위해 두 번째로 블랙힐스를 답사한 끝에 1927년 드디어 조각 작업이 시작되었다. 1941년 3월 보글럼이 사망하고 그의 아들 링컨 보글럼이 감독하여 그해 10월 얼굴 하나에 60피트나 되는 4명의 대통령 얼굴 조각상이 탄생된 것이다.

나는 마운트 러시모어 내셔널 메모리얼에서 미국 역사의 자유와 애국의 열정인 자부심을 보았다. 또 하나 아메리칸 원주민 전사 크레이지 호스(Crazy Horse)의 전신상이다.

1800년대 중반, 미 대륙의 동쪽과 서쪽을 이미 정복자들에게 빼앗긴 원주민들에게는 남은 땅이라곤 중북부의 대평원뿐이었다. 남북전쟁으로 경황이 없던 정복자들은 두 번의 '라라미 조약을 통해 신변 안전을 보장받았다. 대신 원주민들에게는 영토 보장을 약속했다. 그러나 1876년 1월 31일 미 정부가 제7기병대를 급파하자 수족의 최대 부족인 라코타족과 사이엔족은 시티불과 크레이지 호스를 중심으로 몬태나주 리틀 빅혼 강가에 모여 항전 채비를 했다. 1876년 6월 25일 남북전쟁의 영웅 조지 암스트롱 커스터 중령은 다른 부대와의 합류 약속을 깨고 먼저 원주민 공격에 나섰다. 크레이지 호스는 세계전쟁사의 한 페이지를 장식한 1876년 6월 25일 '리틀 빅혼의 결투'에서 남북전쟁 때 불패 신화의 주인공 커스터가 이끄는 제7기병대를 전멸시킨 영웅이다.

크레이지 호스의 전신상은 1948년 착공해 반세기가 넘었지만 이제 얼굴만 완성됐다. 러시모어에서도 잠시 일했던 세계적 조각가 코자크 지올코브스키는 폴란드계 미국인으로 보스턴에서 출생했다. 마운트 러시모어 바위 얼굴의 작업이 끝날 즈음인

1939년 그는 수족의 추장 헨리 스탠딩 베어로부터 원주민들의 땅 위에 그들의 영혼을 담은 조각을 제작해 달라는 제안서를 받게 된다. 더욱이 그의 생일과 크레이지 호스(1840~1877.9.5)의 죽은 날이 일치한다는 편지를 받은 조각가 지올코브스키는 마치 거대한 자석에 이끌리듯 한 편의 서사시(敍事詩) 같은 성난 말의 삶을 재현하는데 여생을 바치기로 결심했다.

그리하여 편지를 받은 지 8년 만인 1947년 5월 그는 블랙힐스로 날아왔다. 1948년 6월 3일 착공식에는 리틀 빅혼 전투에 참전했던 노령의 수족 전사 5명도 축하객으로 참석했다. 전기도 물도 도로도 없는 열악한 환경에서 장정에의 도전은 시작되었다. 그는 러시모어와는 달리 혈혈단신으로 바위산 전체를 깨고 깎는 대역사를 구상했다. 연방정부의 재정 지원을 거절하는 대신 하나둘 관광객이 찾아오면서 생긴 입장료 수입만으로 묵묵히 작업을 계속했다. 1982년 그가 죽자 부인과 자녀, 손자들이 유업을 이어받았다. 그리고 꼭 50년 만인 1998년 마침내 그의 얼굴이 완성됐다. 대를 이은 한 백인 조각가의 손에서 인디언의 역사가 재탄생한 것이다. 위대한 서사시(敍事詩)를 읽는 느낌이다.

높이 171미터, 길이 195미터나 되는 크레이지 호스상은 올해까지 64년째 조각되고 있다. 그의 얼굴에는 전사의 정기가 서려 있다. 바위를 뚫고 나올 만큼 커다란 함성이 들리는 듯하다. 나는 크레이지 호스의 바위 얼굴을 보면서 백인에 대한 저항정신과 원주민의 자존심을 보았다. 미국 중서부의 와이오밍주와 사우스다코다주의 광활한 대평원을 달리면서 "네 땅이 어디 있느냐?"는 백인들의 조롱 섞인 질문에 "나의 땅은 내가 죽어 묻힌 곳이다(My lands are where my dead lie buried)."라고 대답한 크레이지 호스의 음성이 들리는 듯했다.

오늘도 성난 말은 앞을 보고 달린다.

[뉴욕 중앙일보 2016. 9. 22.]

감칠맛이 남기는 것

몇 년 전 서울을 찾았을 때 마침 '게의 철'이어서 그랬는지 동서가 담근 게장 맛은 정말 감칠맛이 넘치도록 입맛을 당겼다. 게딱지에 담겨 있던 노란 알들은 뭉게구름을 타고 어린 시절로 나를 돌려놓곤 했다.

우리가 자라던 어린 시절에는 참게가 많았는데 게 상인들은 등에 게 짐을 짊어지고 "게 사려, 게 사려" 하며 동네방네를 돌곤 했다.

그 시절에는 입맛을 돋우는 그리운 음식들이 많았다. 빨랫줄에 꾸덕꾸덕 말린 알배기 참조기를 한 마리 석쇠에 구워 한입 뜯다 보면 오돌오돌 떨어지는 살도 맛이 있지만 배 안쪽에 노릿하게 자리 잡은 배냇살을 껍질째 발라먹는 그 맛도 정말 감칠맛이 있었다.

엄마가 담근 푹 삭은 부추김치는 오장육부를 시원하게 가라앉

히도록 감칠맛이 있었다. 이 감칠맛이 무엇인가. 음식물을 입에 당기게 하는 맛이 아니던가! 사람도 사람의 마음을 끌어들이는 감칠맛의 힘이 있는 사람이 있다.

아이들이 한참 자라던 시절, 동기동창들은 일 년이면 으레 한 번은 정기적으로 만났고, 가까운 거리에 살게 된 인연의 끈을 단 동기들은 무슨 끄나풀만 있으면 그 만나기 힘든 상황에서도 우리는 늘 만나곤 했다. 그분은 언변(言辯)이 달변이 못 되어 무슨 얘기를 할라치면 늘 짤막하게 상황을 느리게 나타내시곤 하였는데 오랜만에 동기들 만나 마음이 푸근하게 풀리시면, 몸까지 흔드시면서(body language) 그 느리게 표현되는 그 친구분의 삶의 행진곡은 그 어느 달변인들 그처럼 가슴에 와닿을 수 있을까…. 세월이 많이 흘렀는데도 그분의 여운은 늘, 가슴에 살아 있다.

가까이 지낸 동기분들 중에는 재주가 많은 분이 참 많았다. 이분은 무슨 일이건 '내기'를 좋아해 진지하게 골프를 치다가도 엉뚱하게 "저 나무를 맞추면 5불이다." 해서 그때 그 상황을 낄낄거리며 삶의 여운을 즐겼던 시절은 다시없는 망중한(忙中閑)이 아니고 무엇이었던가〉 삶은 이렇게 걸림돌이 맥을 추지 못하게 번쩍번쩍 빛나곤 했다.

아들 따라 산호세로 떠나간 큰시누이가 그립다. 여름 한철이면 싱싱한 오이지를 담아 국물까지 먹으라고 안겨주던 그 손맛! 그 맛은 늘 언니와 같이 살고 있다. 세월이 흘러 팔십을 훌쩍 넘기신 큰시누이는 뇌경색으로 사경을 헤매시다가 다행히 최근에 사람도 알아보고 나날이 큰 차도를 보이셔서 다행이다.

　요즈음, 어디를 가나 감칠맛 도는 음식도, 사람도 점점 찾기 어려운 시절을 보내고 있지만, 그것은 밖에서 얻어지는 것이 아니고 내가 온 정성을 쏟고 노력할 때 비로소 감칠맛의 여운이 피어나리라 생각한다.

　우리가 살아가면서 때때로 그리워하는 맛은 추억과 사랑을 남기는 이정표가 되는 감칠맛이다.

[뉴욕 중앙일보 2016. 12. 9.]

손주들과 허리케인

    지난 성탄과 새해에도 손주들은 홀로 지내는 나의 거처를 허리케인처럼 휩쓸고 지나갔다. 그들이 집안을 쑥대밭을 만들어도 감미롭고 즐거운 허리케인임은 분명하다.

    "허리케인이 일찍 온대."

    "뭐! 아니 이렇게 날씨가 좋은데 허리케인이 온다니 그게 무슨 말이냐?"

    "하하하. 조지아에서 수미네가 하루 일찍 내일 온다고 금방 전화 왔어요."

    아, 난 또 무슨 말이라고. 하긴 캐틀린, 윌리엄이 허리케인을 몰고 올해도 쳐들어오겠구나. 그런데 올해는 애비게일이 저렇게 극성이니 아마도 '토네이도'까지 겹칠 것이니 아무래도 어디로 피신을 해야겠다.

    우리는 궁리 끝에 집을 잠시 떠나기로 작정하였다. 이렇게 시작한 손주들과의 바하마 크루즈여행은 두 딸네와 아들네 우리 온 가족이 처음으로 시도한 재미있는 크루즈여행이었다.

2008년 12월 크리스마스 때 나의 큰 외손녀딸 캐틀린(2007년생)은 한 살 반의 귀염둥이로 플로리다 할머니 집을 처음 방문했었다. 할아버지가 없는 쓸쓸한 할머니 집에 온기와 활력을 불어넣으려 모여든 식구들은 캐틀린을 위주로 그야말로 일주일 간 야단법석을 떨고 올라갔다. 그때만 해도 내가 젊어서인지 음식도 많이 만들고 아이들과 돌아다니기도 많이 했고 집안일도 힘드는 줄 모르고 해치웠다.

그 해로부터 시작해 매년 크리스마스 때면 아이들이 뉴저지, 조지아에서 모여들어 쓸쓸해 할 사이도 없이 십여 년의 세월이 흘러가고 있다.

그런데 세월 이기는 장사 없다고 어느 때부터인지 나의 행동거지가 느려져 빠르게 움직이는 운동(zumba)도 따라가기 힘들고 좀 무리를 하면 그 후유증이 생겨 피곤하다고 느낀다. 첫손녀 캐틀린은 많이도 안아주곤 했는데 요즈음 윌리엄은 고사하고 애비게일을 안아주었다가 허리를 펼 수가 없어 혼이 난 후에는 엄두도 못 낸다.

더구나 나 자신을 놀라게 하는 것은 상대적으로 일어나는 나의 심적 반응이다. "너희들이 일찍 손주들을 낳았으면 지금쯤은 오손도손 재미있는 얘기들을 하고 지내련만, 이거 원 이 나이에 장난감 치우랴 넘어져 다치지 않을까 뒤쫓아 다니랴 아휴 힘들어 죽겠네."

푸념은 계속되고 딸과 며느리한테 지청구 받느라 오랜만에 만나면 반가워 법석 떨다가도 며칠만 지나면 분위기 살벌해지니 이 또한 늙음이 주는 스트레스가 아니고 무엇이겠는가!

사람이 살아가노라면 적당한 스트레스도 약이 되듯이 매년 플로리다 할머니 집에 오면 올란도의 디즈니월드, 탬파의 푸시가든, 골프장 등을 누비며 다니는 동안 손주들은 9살 반, 4살 반, 2살 반으로 기골이 장대하게 자라고 있다.

작년인가부터 온 식구들이 모이면 집 안이 협소하니 밖으로 나가자고 모두들 아우성이니 우리는 이때다 싶어 크리스마스 다음날인 12월 26일 4박 5일의 바하마 크루즈여행을 떠났다.

아, 삼시 끼니 걱정을 안 하니 이렇게 편안할 수가 없구나. 온 식구가 모이면 딸과 며느리가 매끼 음식을 준비하느라고 부엌이 아수라장이 되어 제 새끼들을 챙기지만, 내 집이니 음식을 안 해도 스트레스는 내가 제일 받는다. 토네이도를 몰고 이 방 저 방으로 바람을 일으키는 손주들한테 잔소리할 필요도 없게 망망대해 넓은 덱에서 수영도 하고 게임도 하면서 찬란한 햇빛과 푸른 파도 속에 시간 가는 줄 모르게 하루해가 저문다.

로열 캐러비안은 자사 소유인 코코케이 섬이 있어 방갈로를 하나 빌려 하루를 비치에서 수영도 하고 잘 지냈다. 더욱이 아이들(3~11살) 프로그램이 잘 되어 있어 캐틀린과 윌리엄은 처음 크루즈를 타 보았는데 너무나 즐거워했다.

　　"조지아 사돈께 드리려면 맛이 좋아야겠는데…."

　　집으로 돌아오기 전날, 온종일 끝없이 둥글게 이어지는 바다를 바라보며 만 가지 상념 속을 헤매다가 크루즈 여행 떠나기 전날 담근 통배추김치 생각이 번뜩 머리를 스쳤다.

　　이런 허리케인은 내 생에 에너지가 되므로 해마다 맞기를 희망한다.

[뉴욕 중앙일보 2017. 1. 27.]

여유로운 삶

　우리의 복잡한 삶 속에는 한량(閑良)처럼 살고 싶은 욕망이 때때로 자리잡는다. 연말 연초에 아들 딸네 대식구들이 몰려와 법석을 떨며 바쁘고 즐겁게 지내다 가느라고 시간 가는 줄 모르더니 휑하니 텅 빈 집에서 한참 몸살을 겪는 중이었다. 시카고에 사는 동기 친지 내외분이 2월 초에 따뜻한 이곳으로 피신을 오신다고 연락을 해왔다. 아직도 몸살 후유증이 남아 있는 와중이지만 정신을 차리고 오랜만에 만난 친지와 이곳 동기분들은 우리 집에서 만찬을 즐기면서 회포를 풀었다.

　올해로 팔순을 맞는 남편의 동기분들은 어쩔 수 없는 세월의 무상함 속에서 서서히 쉰(?) 할아버지 냄새를 풍기고 있었다.

　"이야, 머리를 까맣게 물감을 들일 수는 없지만 나는 말이야. 이렇게 눈썹을 물감 들인다. 하하하….”

　우리는 집안이 떠나가라 큰소리를 지르면서 마음만은 여전히 젊음을 과시하고 있었다. 그러나 언제나 웃고 떠들고 분주하게만 보낼 수 없는 것이 삶이다.

한량(閑良)이란, 원래 한국 고려 후기와 조선시대에 '과거에 급제하지 못한 무반'을 뜻하는 말이었으나 신분제도가 없어진 근대 이후에는 '돈을 잘 쓰고 잘 노는 사람'이라는 일반적인 의미로 널리 쓰이게 되었다. 그런데 이 한(閑)이란 의미는 '문'을 뜻하는 문(門)과 '나무'를 뜻하는 목(木)으로 구성된 글자로 본래 외부의 침입을 막는 '칸막이'의 뜻이며 이후 '한가하다'의 뜻이 파생되었다. 그래서 한량은 '한가롭게 지내는 양민' 즉 조용히 곧게 사는 양민을 한량이라 칭한다고 한다.

미국 각지에 살고있는 우리 동기분들은 어느덧 80줄에 들어선 한량들이 많다. 젊어서는 의학계의 후진을 양성하고 병마와 싸우는 사람들을 위해 평생을 일하다가 일찍 먼저 간 분들도 많고, 10여 년이 훌쩍 지나온 은퇴자의 길을 겪고 있지만 젊어서 못다 한 삶의 굽이굽이 자신만의 길을 찾아서 하고 싶었던 공부도, 남을 돕고싶은 열정에 선교의 길을 택하기도 하고, 늘 하고 싶었던 취미생활을 통해 삶의 여유와 보람을 느끼고 있으니 옛날 한량보다 오히려 더 바쁜 생활을 하고 있는 것 같다. 그러나 안타까운 것은 많은 분이 어쩔 수 없는 세월의 무상함 속에서 병마와 싸우고 있다는 것이다.

십 년이면 강산도 변한다는데, 혼자서 십여 년이 지나는 동안
참으로 바쁘게 살아왔다. 때로는 뛰어가면서, 걸으면서, 때로는
멈춰 서면서, 여기까지 오다 보니 힘겹고 아쉬울 때도 많이 있었
지만 그런 대로 잘 버티어 온 것 같건만 내면에서 일어나는 자신
과의 싸움은 늘 제자리에 머물고 있다.

어느 날, 한국 풍속화가 이서지(李瑞之) 선생의 〈황금들녘, 단
풍구경, 고향집〉 등을 보면서 가을이 깊어지자 단풍이 곱게 물
든 들녘을 소풍길에 나서는 한량들의 모습이 떠오르면서 나도
매사에 여유를 갖고 그들처럼 이리저리 산천 경관을 구경하면서
살고 싶다 생각했다. 문득 내가 좋아하는 사자성어(四字成語)가
떠올랐다. 여의길상(如意吉祥)! 항상 길(吉)하고 상서로운 좋은
일들은 자기 의지에 달려 있다는 얘기다.

올해는 '여의길상'의 마음으로 모든 일을 바라보기로 정하니
마음이 그지없이 편하다.

마음의 평화와 여유를 가지고 남은 날들을 걸어가 보기로 한
다.

[뉴욕 중앙일보 2017. 3. 3.]

일상의 기적

　우리들 삶에서 평안함이 매일 기적임을 잊고 지낼 때가 얼마나 많던가.

　밤새 안녕이라더니… 3주간 병원신세를 지고 walker를 이용해 집으로 돌아오면서 '나의 집'이 이렇게 편안하고 좋은 줄은 몰랐다고 중얼거리는 그녀는 눈까지 생기가 돈다.

　아무리 80줄에 들어선 우리이지만 지난주에는 하루건너 세 번이나 가슴을 치는 소식을 듣고 망연자실했다.

　몇 주 전까지만 해도 스위스로 팔순 여행까지 다녀오시고 곧이어 과테말라로 늘 해오던 선교여행도 다녀오신 형제 같던 남편 친구분이 갑자기 쓰러지셔서 아직도 안 좋은 상태이고, 가까운 여고동창은 전부터 치매로 여러 해 고통을 받아왔지만 요사이 갑자기 상태가 안 좋아 음식물 삼키기도 힘들고, 항시 군자의 풍미를 지니셨던 선배분의 부군께서는 너무나 기력을 잃으셔서

안 좋으시다는 소식이었다.

나는 며칠 사이로 연이어 들려오는 비보(悲報)에 충격을 받았지만, 무엇이 우리를 이렇게 이끌어 가나 하고 오히려 마음은 차분해지는 듯하다. 젊은 시절, 우리는 내 육신이 세월 따라 이렇게 나약해질 줄은 꿈에도 모르고 동분서주하며 건강함을 과신했고, 매일의 삶이 기적이라고는 미처 생각도 못했다. 206개의 뼈로 이루어져 있는 사람의 몸은 하나하나가 작은 우주로서 잠시도 쉬지 않고 운행하고 있다. 그러다가 어느 것 하나 삐끗하고 그 궤도를 이탈하면 우리는 어제와는 너무나 다른 고통 속에 막막함을 당한다.

어젯밤에는 12시 넘어 자리에 들려고 하니 리빙룸에서 좀 이상한 소리가 작게 들렸다. '괜찮겠지' 하고 잠이 들었는데 아침에 일어나 리빙룸에 나오니 아직도 소리가 나고 있었다. 번뜩 우리집에 무슨 일이 있나 하고 프론트 데스크에 가서 우리 집에 무슨 소리가 난다고 하니 "오 마이갓!" 하며 수퍼가 곧 올라간다고 해서 얼마나 놀랐는지 몰랐다. 곧 수퍼가 오고 엔지니어가 와서 찾아낸 진단은 냉장고에서 소리가 난다는 것이었다.

그는 예전과 달리 무슨 물건이든지 10년쯤 되면 일이 벌어진다고 냉장고 회사를 부르라고 했다. 아파트란 때로는 자기 집이 아무런 사고가 없어도 위층에서 물이 샐 수도 있고 하니 그들도 처음에는 무슨 파이프가 터졌나 해서 더 놀란 것이었다.

나는 오늘 아침 놀란 가슴을 쓸어내리면서 인간이 만든 모든 기계도 세월이 흘러 오래되면 이렇게 제 기능을 잃어가고 있구나 생각했다.

그런데 어찌 인간이 만든 것뿐이랴. 이 세상 천지 만물은 모두 이렇게 변해가고 있는 것이다. 나는 새삼 질서가 무엇인가 생각하면서 이 질서야말로 기적이라고 생각했다.

[뉴욕 중앙일보 2017. 8. 30.]

공백의 세월

올해가 남편이 떠난 지 10년이 되는 해다.

그가 없는 공백의 세월, 때로는 쓸쓸히 때로는 즐겁게 지내면서 옛 선현들의 좋은 글을 담은 서예 공부를 해 오고 있다. 아직도 많이 미흡하고 갈 길이 먼 나의 글씨지만 그를 기리고 그래도 삶을 사랑하는 마음으로 서예전을 갖게 됐다. 삶은 언제나 결과보다는 자기의 이상을 추구하는 그 과정이 아름다운 것이므로 부족한 내가 용기를 냈다.

10년 전 그가 담당의사로부터 "이젠 준비하실 때가 온 것 같습니다."라는 말을 듣고는 나에게 조용히 "내 인생도 이렇게 끝나는구나…."라고 했다. 그때 내 인생도 이젠 끝났다는 생각을 했다.

그 누구의 위로도, 충고도 아랑곳없는 삶 속에서 허우적거려야만 했다. 그러던 어느 날 아련한 기억 속에 할아버지의 모습이 떠오르면서 혼자되시어 그토록 오래 계시면서도 늘 부지런하고 열심히 사시던 그분의 모습이 초라한 나에게 강하게 다가오는 것이었다.

독서는 혼자 있어도 외롭지 않고, 묵향이 깃든 서예는 새로운 나의 삶의 무궁한 벗이 되리라. 가슴을 치는 소리에 나는 오늘도 그와 벗하고 있다. 서예(書藝)란 붓으로 글씨를 쓰는 예술을 말한다. 중국에서 발생한 예술형식의 하나로서 한국과 일본에 전래돼 한자뿐만 아니라 해당 나라의 글씨체(한글, 가나)를 예술적으로 종이 위에 표현하는, 더 나아가 기술적 측면을 넘어서 정신수양의 수단으로 인정 받고 있다. 이런 측면에서 '서도(書道)'라고도 한다.

깊은 늪에 빠져있는 나를 심오하고 변화무쌍한 푸른 호수로 인도하여 서예의 길을 인도해 주시고, 간간이 밀려오는 자책 속에 몇 번이나 주저앉고 싶은 나를 끈질기게 붙잡아 오늘의 나를 있게 해준 은사 유영은 선생님을 잊을 수 없다. 서체(書體) 종류로는 해서, 행서, 예서, 초서, 전서로 나누는데 오랜 세월 해서, 행서, 예서체를 많이 공부하고 있는데 간간이 초서, 전서도 그 맛을 보고 있다.

나이를 먹는다는 사실은 누구에게나 일어나는 현상이며 자연스러운 우주의 섭리다. 우리는 늙어서 할 수 없는 게 아니고 '할 수 있다'는 용기가 없는 것이다.

원시적 눈을 가진 '미국의 샤갈(Marc Chagall)'이라 칭송받는 해리 리버맨(Harry Lieberman 1880~1983)은 은퇴하고 심심해서 74세부터 그림을 그렸는데 106세에 세상을 떠날 때까지 화가의 삶을 살았고, 어린이 같은 소박하고 원시적인 그의 그림들은 뉴욕의 'Museum of American Folk Art'와 'Jewish Museum' 등 유명한 박물관에서도 앞다투어 전시할 만큼 유명한 화가가 되었다. 그는 항시 꿈을 가지고 무언가 할 일이 있는 것, 그게 바로 삶이라고 했다.

오늘도 하루는 덧없이 흘러간다. 지난 삶을 둘러보면 슬프고 억울하다고 푸념도 많이 했건만 생각하면 분에 넘치는 감사한 일들이 많이 일어났다.

바쁜 삶 속에서 항시 앞만 보고 달리던 나에게 여유를 가지고 삶을 둘러볼 수 있게 '글 읽고 쓰는 사람'으로 길을 열어주신 김정기 스승님의 은혜에 감사한다.

'내려 갈 때 보았네! 올라갈 때 못 본 그 꽃!'

내가 좋아하는 고은 시인의 시(詩)다. 공백의 세월은 오늘도 꿈을 꾼다.

[뉴욕 중앙일보 2017. 11. 18.]

때려치워라

플로리다를 떠나 뉴저지 집에 온 지도 거의 두 달이 되어 가건만 마음은 아직도 서성거린다. 정신적인 것이 안정되지 않고 흔들리면 모든 것이 시들해지고 흥미를 잃게 된다.

매일의 삶은 그런대로 바빠 누구를 만나고 어디를 가고 부산한데 80고개를 넘는 전초전(前哨戰)이라도 하려는가 모든 일이 싱숭생숭하다.

"우리 나이에 스트레스 받는 일 같은 것은 이제 고만 합시다! 무엇을 배우고, 만들고 하는 것은 이제 고만하고 아니 때려치우고 부담 없이 몸과 마음에 많이 웃는 운동 같은 것이나 합시다!"

그녀는 지금도 열심히 살고 있고 어느 단체에서 봉사활동을 하며 우리 노년의 삶에 활력을 주는 일들을 가르치고 있다. 코넬대에서 사회심리학을 연구하는 토마스 길로비치는 우리 인간은 항시 '해야 할 일'과 '하고 싶은 일' 사이에서 갈등한다고 지적했다. '해야 할 일'이야 얼마나 많은가. 그것은 우리의 사는 날까지 영원히 이어질 것이다. 그러나 '하고 싶은 일'을 못 했을 때 우리는 더 후회하고 삶을 우울하게 만들며 영혼을 서서히 잠식한다고 했다.

늙을수록 별의별 잡다한 삶 속에서 그래도 하고 싶은 일을 찾아 긍정적으로 살려고 애쓰고 있지만, 때론 때려치우고 싶을 때가 많다. 그런데 요즈음 이 서성거리는 삶 속에서 신비스럽게 터득한 일이 있는데 예전처럼 배추김치를 담그고 총각김치를 만들며 싱싱한 오이를 보고 심심한 오이지를 만드니 그 흐르는 맛속에 나의 '하고 싶은 일'이 물처럼 자연스레 흐르고 있음을 느끼며 소나무 가지에 살포시 내려앉은 학(鶴)의 모습이 그지없이 청초하고 아름답게 보여 끝없이 바라보고 있다.

2014년 여름, LA 사는 시누, 샌호세에 사는 큰시누와 나는 서울에 사는 막내시누와 합세해 세계 4대 고도(古都)라는 중국의 대표적인 관광도시 서안을 방문해 신비한 제국의 신화라는 진나라 진시황의 2200년 전의 제국 군사 병마용갱을 둘러보며 서안을 헤집고 다녔다. 그로부터 2년 후 건강하던 큰시누는 뇌일혈로 갑자기 쓰러져 거동이 불편하고, LA의 시누 또한 2년여의 긴 투병 생활을 해 오고 있으니 그렇게도 바라던 제2의 나들이는 쉬고 있는 상태다. 큰시누는 그래도 정신이 맑아 '언제나 우리가 바라던 여행을 같이 할 수 있을까…' 가슴이 저려온다.

우리는 늘 보상(報償)을 바란다. 정성과 사랑으로 누구를 도와주면 물론 그 대가를 바라고 한 일은 아닐지라도 마음 한편은 그 자리를 늘 기억한다.

나의 가까운 한 친지는 오래 전 일이지만, 도와준 그가 이제는 일이 잘 풀려 넉넉한 입장인데도 모르는 체하는 것이 늘 섭섭하다고 했다. 나는 섭섭한 그 마음까지도 그러려니 하고 '때려 치라'고 일갈한다. 그러면 마음이 한결 편안해진다고.

나는 요사이 주변의 모든 일들을 '그러려니…' 하며 산다. 우리가 서서히 늙어가는 것도, 친구들을 자주 못 만나는 것도, 다만 '하고 싶은 일'을 찾아 오늘을 살수 있으니 그래도 삶은 아름답다고 노래한다.

[뉴욕 중앙일보 2018. 7. 11.]

chapter
3
—
애
물
단
지

삶의 지우개

우리는 매일의 삶 속에서 수많은 시행착오를 겪으며 오늘도 지내고 있다.

1990년대 이후 가장 영향력 있는 사이버 문화 이론가 중 한 명으로 평가 받고 있는 미국의 사회 평론가 더글라스 러시코프는 이런 말을 했다.

"이 땅의 많은 발명품 중 가장 위대한 발명품은 지우개다."

만일 지우개가 없었다면 미술가들은 데생이나 스케치가 불가능했을 것이고 음악가들은 작곡도 힘들었을 테고, 학생들은 시험을 보고 틀린 걸 고치는 것도 상상할 수 없었을 것이다. 오늘날의 컴퓨터도 지우개 기능을 하는 'delete' 키가 없었다면 이 기계가 지금처럼 편리한 도구가 되었을지도 의문이라고 했다.

우리의 삶에서도 크고 작은 실수, 유쾌하지 못한 기억들로 매일을 수놓고 있다. 나는 내가 저지른 수많은 실수들을 후회하지만 그리고 그것을 지우고 싶지만 그것은 나의 마음이고 이미 상처를 받은 상대방으로부터의 용서는 바랄 뿐이다.

아주 오래 전 나는 나의 은사님에게 실수의 발언을 했다. 나의 입장에서는 은사님을 가깝게 느껴서 허물없이 한 얘기였는데 듣는 분은 그렇게 듣지 않으셨다보다. 무엇이 그리 섭섭하셨는지 지금까지도 못 마땅해하시는 것 같다. 나는 언젠가는 내 마음을 이해하시겠지 하고 참고 기다리지만 때로는 참 힘 드는 시간을 보낸다.

우리가 나이를 먹어 늙어간다는 것은 쓸쓸한 일이기도 하지만 때로는 또 다른 의미의 뉘앙스를 준다. 나이들이 80이 넘고 가까워져서 그런지 본의 아니게 말의 실수를 하면서도 그것 자체를 곧 잊는다는 사실이다. 서로 용서를 구하면 기억도 없는데 하며….

가까이 지내던 한 친지는 남편을 떠나보내고 그 충격으로 많은 일들을 잊고 산다. 그러나 우리 모두는 늘 불안전한 존재인 것만은 사실이다. 그것은 비단 어느 한 사람에 국한된 것이 아니고 세상을 살아가는 모든 사람의 숙제다.

지난해에 이어 올해도 우리 교회에서는 6주간의 여름철 성경공부가 있다. 성령강림과 더불어 시작된 교회의 역사는 지난 2000년의 세월을 지나 오늘 우리에게 이르고 있는데 이 교회사

(敎會史)는 바로 '신앙의 역사'임을 공부하면서 내 힘으로는 결코 지워낼 수 없는 죄와 허물을 깨끗이 지워주신 예수 그리스도의 보혈에 감사와 찬송을 드린다. 사소한 일상생활에 늘 감사한 마음을 지닐 때 우리는 '용서의 지우개'를 얻을 수 있는 것이다.

나는 이 '용서의 지우개'를 들고 거동이 불편하신 큰시누님을 만나보고 싶다. 우리는 뉴욕에서 오래 살아서인지 전에는 잘 몰랐는데 요즈음 큰시누님이 많이 보고 싶다. 서로 멀리 떨어져 있으니 매일의 일거일동은 헤아릴 수 없지만, 삶의 지우개를 쥐었다 폈다 하며 인연 있어 만난 우리들의 삶을 아름답게 노래하고 싶다. 작년에 스쳐 지나던 산호세의 아름답던 바람소리가 마냥 그립다.

[뉴욕 중앙일보 2018. 9. 7.]

기(氣)와 예술의 도시 세도나(Sedona)

가끔은 반복되는 복잡한 현실을 탈출해 훌쩍 나 자신만의 여행을 떠나고 싶을 때가 있다.

그랜드 캐니언(Grand Canyon)은 세계 7대 불가사의 중 하나이다. 미국 애리조나주 북부 고원지대를 흐르는 콜로라도강물에 의해서 깎인 거대한 계곡으로 미국의 국립공원 중에서 가장 규모가 크고 웅장해 자연의 위대함과 신비로움을 고스란히 간직하고 있다. 그랜드 캐니언과 더불어 자이언 캐니언(Zion Canyon), 브라이스 캐니언(Bryce Canyon)은 미국의 3개 캐니언이다.

또 인디언의 성지 '모뉴먼트 벨리(Monument Valley)'는 미국 남서부를 상징하는 명소로 붉은 대평원에 치솟은 거대한 암석기둥과 산등성이의 깎아지른 절벽으로 이루어졌다. 백인들과 수많은 싸움에서 처절한 패배를 당한 아메리칸 인디언들의 불행한 역사가 점철된 역사의 현장, 나바호(Navajo)는 인디언들의 '숭고한 성지'로 또 서부영화의 상징으로도 잘 알려진 곳이다.

모뉴먼트 벨리 나바호 부족공원(Monument valley Navajo Trial park)은 인디언 자치구역이다. 사방으로 끝없이 뻗은 넓고 넓은 허허벌판에 우뚝우뚝 서 있는 거대한 돌기둥과 마천루 같은 절벽들, 드넓은 평원은 거의 황무지이고 짙은 붉은색의 샌드스톤으로 뒤덮여 있다. 그랜드 캐니언(Grand Canyon)에서 동쪽으로 173마일 유타, 콜로라도, 뉴멕시코, 애리조나 등 4개주가 합치는 미국 내의 유일한 지점 'four corner'에서 서쪽 60마일 거리에 있다.

그곳을 지나 붉게 빛나는 애리조나주의 보석 '세도나(Sedona)'에 이르니 사막 안에 솟아오른 도시라고는 믿을 수 없을 만큼 화려한 붉은 기운 가득한 바위와 선인장이 지천이었다.

처음 세도나(Sedona)에 도착해 도시를 둘러싼 바위를 봤을 때 빛깔이며 모양이 남다르다, 라고 생각하였는데 아니나 다를까 이곳은 영적인 치유나 심신의 안정을 꾀하는 이들 사이에서 유명한 곳이라고 한다. 붉은 빛 경치 덕분에 일상이 주는 고단함을 떨쳐버리고 가는 이들이 많다고 한다. 세도나(Sedona)는 지구상에서 가장 강력한 전자기파인 볼텍스(vortex) 즉 흔히 말하는 기(氣)가 넘치는 신비의 땅이기 때문에 관광명소에 비해 화려한 볼거리나 먹거리는 없지만, 자연을 벗삼아 명상과 휴식을 즐기며 힐링 할 수 있는 최적의 장소로 손꼽힌다고 한다. 세도나(Sedona)는 독특한 영적인 분위기를 준다.

세도나(Sedona)의 명소 홀리 크로스 성당(Chapel of the Holy Cross)은 1956년에 지어졌는데 고도가 60m(90피트)나 되는 바위 돌출부에 서 있다. 27m 높이의 중앙 분리대가 성당의 정중앙을 가로지르며 십자가를 구성하고 있어 성당이 마치 바위 속에 끼어 있는 것처럼 보여 주위 붉은 산에서 솟아오른 것 처럼 보인다. 이 성당 건물은 '애리조나의 7대 경이'로 선정될 만큼 유명하다. 성당은 한 이 지역 출신의 의지로 탄생한 건물이라고 한다.

독실한 천주교 신자이자 목장 주인, 조각가였던 마게리타 브룬스윅 스타우드(Marguerite Brunswig Staude)는 20세기 초 뉴욕에 지어진 엠파이어 스테이트 빌딩을 보고 영감을 받아 자신도 그와 같은 성당을 지으리라 결심한다. 원래는 미국의 전설적인 건축가 프랭크 로이드 라이트(Frank Lloyd Wright)의 도움을 받아 유럽에 건축하려고 했으나 2차 세계대전 발발로 인해 계획이 무산되고 결국 리차드 하인(Richard Hein), 어거스트 스트로츠(August K Strotz)의 작업을 통해 세도나(Sedona) 코코니노 국유림(Coconino National Forest)에 성당이 완성된다.

숨 막히도록 아름다운 붉은빛을 내뿜는 바위가 성당 주변을

기와 예술의 도시 세도나 105

둘러싸고 있다. 성 십자가 성당에서는 벨 락(Bell Rock)의 모습도 훤히 보인다. 세도나(Sedona) 남쪽에 자리한 높이 1,499미터의 이 거대한 바위는 마치 종(bell)처럼 생겼다 해서 '벨 락(Bell Rock)'이라는 이름이 붙여졌다고 한다. 이 바위 밑으로 매우 강력한 자기장이 형성되어 있어서 지구의 에너지를 강하게 느낄 수 있는 최적의 장소라고 주장하는데 이곳은 영험함을 믿고 기를 받거나 명상을 통해 심신을 치유하고자 하는 이들로 늘 북적인다고 한다.

나도 세도나(Sedona)는 다시 또 한 번 가 보고 싶은 곳이다. '신은 그랜드 캐니언(Grand Canyon)을 만들었지만 신이 살고 있는 곳은 세도나(Sedona)이다.'라는 말이 전해진다.

[2018. 9. 25.]

애물단지

18여 년이나 몸담아 살던 플로리다 집이 지난 5월 초 팔렸을 때 나는 신나서 중얼거렸다.

'야 잘됐다! 그러잖아도 지난해부터(2020년) 소리 없이 나타난 불청객인 팬데믹 때문에 근 일 년 넘게 플로리다에 머물면서 얼마나 많은 어려움을 겪었는가….'

이제는 아이들 있는 뉴저지에 올라갈 수 있게 됐으니 하며, 집을 될 수 있는 한 빨리 비워 달라는 새 주인의 요청으로 6월로 클로징을 정하고 나니 할 일이 태산 같았다. 그 당시 아이들이 내려올 수도 없는 형편이라(물론 큰일들은 아이들이 해주었지만) 혼자서 뉴저지에 올라갈 짐 싸랴, 자선단체에 기부할 물건 정하랴, 각 방에서 쏟아져 나오는 버릴 물건 정하랴, 근 한 달 여를 눈코 뜰 새 없이 바쁘게 지내다 보니, 강산이 두 번이나 바뀌면서 쌓아온 그곳에서의 정든 세월을 감지할 마음에 여유도 없었다.

　요사이 정신이 좀 들어서 문득문득 생각나는 일은, 형편상 가지고 갈 수도 없고 아이들도 마다하고 해서 정들었던 몇 가지 물건들을 자선단체에 기부해야 했다. 나는 그들을 보내면서 '어이 미안하네, 다른 주인 만나 남은 세월 잘 지내시게.' '이 애물단지야… 잘 가시게!'라며 말했던 생각이 난다.

　옛날 어른들은 이렇게 자신이 매우 소중히 아끼던 물건들을 처분할 때 '애물단지'란 말을 많이 썼다. 떠나보낸 사람은 자연히 잊지만 떠난 사람은 못 잊는다고 요즈음 그곳 생각이 솜털처럼 새록새록 피어난다. 맑은 공기 푸른 하늘을 벗 삼아 일주일이면 몇 번씩이나 골프 하는 것 외는 하는 일 없다고 늘 푸념하며 큰 도시에 문화생활을 부러워하고 변화 없는 매일의 생활이 삶을 지루하게 만든다고 내 나름대로 일을 찾아 바쁘게 지내기도 했다. 그러나 그러한 곳이었기에 거기서 만난 사람들은 마음으로 늘 가까웠고 우리는 때때로 뒤뜰에서 기른 상추, 고추를 서로 주고받으며 정을 쌓곤 했다.

　지난 십수 년 동안 많이 달라진 것은 보통 60대에 만난 사람들이 지금은 모두 80줄을 넘어 언덕길을 넘어가고 있기에 많은 분이 자식 옆으로 이주하기도 한다. 그러나 그곳 생활은 나에게 삶의 많은 여백을 안겨주기도 했다. 동양화의 여백은 사유와 명상의 공간이라고 말하듯 여백은 마음의 힘찬 기상과 자유로운 상상의 공간을 제공해 주기도 했다. 큰 도시생활에서 여름내 주워 담았던 삶을 설레게 하는 많은 정보와 재료들은 플로리다 나의 삶의 여백을 만들어 주었었다.

뉴저지에 들어서니 멀리 맨해튼이 눈부시게 시야에 들어온다. 아, 이제야 정든 고향에 아주 정착한다고 하며 뒤를 돌아보니 플로리다의 정든 집이 손짓한다. 나는 20여 년 전으로 타임머신을 돌려놓고 나를 둘러본다. 다가오는 노년에 대한 포부와 희망으로 가슴은 지칠 줄 모르게 뛰었고 몸과 마음은 그것을 감당할 저력으로 넘쳐나고 있었다.

세월이 흘러 오늘에 이르러 주위를 둘러보니 그동안 강산이 두 번씩이나 바뀌어서 그런지 가까웠던 지인들도 많이 떠났고, 거동이 불편한 친구들도 있어 세월의 무상함을 느낀다. 허나 도도히 흐르는 허드슨 강은 오늘도 변함없이 흐르고 있다.

창밖으로 펼쳐 보이는 푸른 숲 사이로 우뚝우뚝 서 있는 건물들은 여전히 그 위용을 자랑하며 속삭인다.

'변한 것은 하나도 없다. 시간만 멈출 줄 모르고 계속 흐르는 것뿐이야…'

나는 또 한 번 말년에 대한 희망과 꿈을 꾼다!

[뉴욕 중앙일보 2021. 9. 11.]

세월의 빈자리

떠나온 6월 ― 여름이 그려지는가 했더니 어느새 단풍잎 물들이는 가을도 지나고 초겨울에 머무르고 있는 그곳 Citrus Hills 생각이 많이 난다. 지금은 초겨울이지만 그곳은 더운 곳이라 요즈음 이 늦가을의 날씨가 골프 치기에는 안성맞춤의 계절이었다.

지난주 딸네가 있는 조지아로 떠난 Dr. H네는 아침 7시경이면 어김없이 우리 집 뒤뜰을 지나 골프 카트를 몰고 골프장을 가는데 요즈음 그 모습이 나의 뇌리에서 늘 맴돌고 있다. 내가 그곳을 떠날 때는 떠나는 것이 당연지사로 여겼는데 아랫집 Dr. H가 떠난 요즈음, 생각하면 그동안 20여 년 지냈던 그곳이 내 삶의 큰 빈자리였음을 새삼 느낀다.

1974년 그러니까 47년 전 우리가 브루클린에 처음으로 집을 장만했을 때 그 집에 살던 주인의 아들이 두 번씩이나 들러서는 자기네가 만들었다는 뒤뜰의 정원을 정감 어린 눈으로 둘러보는 것이었다. 어린 시절을 회상하는 그를 그때는 무심히 지나쳤는데 생각하면 정을 주고 자란 그 집의 빈자리를 어떻게 메꾸어갔을까, 그 모습이 아직도 나를 맴돌게 한다.

아버지란 존재는 가슴으로 눈물을 흘린다 했거늘 셋째 딸인 나를 시집보낼 때 사위가 마음에 들어 만면에는 웃음을 감출 길 없으셨지만, 끝내는 눈물을 보이셨다는 나의 아버지! 많은 자손 가운데서도 늘 정으로 감싸주던 그분은 그 허전한 빈자리를 어떻게 도닥거려 가셨을까.

살면서 힘든 일을 만나면 나는 지금도 '아버지'를 부른다! 그 빈자리가 무엇일까! '빈자리'는 비어 있는 자리, 사람이나 물건이 없어 비어 있는 곳이라 하겠다. 우리는 살면서 수많은 빈자리를 만나면서 살아오지만, 개개인의 척도는 자기만이 알 수 있는 것! 자기의 내면에서 일어나는 순수한 사랑과 열정이 나를 못 박을 때 그곳은 나의 '빈자리'가 될 수 있다 하겠다. 지난 20여 년의 세월을 둘러보면 그곳에서의 삶은 늘 모든 사람이 서로 무심(無心) 속에 유심(有心)으로 엮여 있어 서로를 마음으로 돌봐주었고 그 끈을 지탱하느라 피크닉, 추수감사절, 크리스마스, 골프대회 등 경조사를 지냈고 조그마한 일에도 루머 아닌 소문 속에 때로는 피곤할 때도 잦았지만 그러면서 우리는 끈끈한 정 속에서 세월을 보냈다. 참으로 아름다운 세월이었다.

나는 요즈음 가까운 거리에 있는 커뮤니티센터에서 운동도 하고 잠시 쉬고 서예도 공부하면서 세월의 빈자리를 찾기에 여념이 없다. 영국이 인도와도 바꾸지 않겠다고 자랑하는 '윌리엄 셰익스피어'의 9가지 인생교훈을 적어 본다. 고령사회를 사는 현대의 시니어들에 꼭 필요한 삶의 지혜다.

1. 학생으로 계속 남아 있어라. 배움을 포기하는 순간 우리는 폭삭 늙기 시작한다.

2. 과거를 자랑하지 마라. 삶을 사는 지혜는 지금 가지고 있는 것을 즐기는 것이다.

3. 젊은 사람과 경쟁하지 마라.

4. 부탁받지 않은 충고는 굳이 하려고 마라.

5. 삶을 철학으로 대체하지 마라.

6. 아름다움을 발견하고 즐겨라. 약간의 심리적 추구를 게을리하지 마라. 그림과 음악을 사랑하고 책을 즐기고 자연의 아름다움을 만끽하는 것이 좋다.

7. 늙어가는 것을 불평하지 마라.

8. 젊은 사람들에게 세상을 다 넘겨주지 마라.

9. 죽음에 대해 자주 말하지 마라. 죽음보다 확실한 것은 없다. 인류의 역사상 어떤 예외도 없었다. 확실히 오는 것을 일부

러 맞으러 갈 필요는 없다. 그때까지는 삶을 탐닉하라. 마음이
많이 푸근해진다.

[뉴욕 중앙일보 2021. 12. 17.]

세월 속에 고아

시카고에 사는 절친한 친구가 보내준 지난주에 'Thanks-giving Day'의 단상(斷想)을 읽으면서 세월 속에 변화되는 세대 간의 갈등에 대해 많은 생각을 하였다.

친구의 사연이다.

'추수감사절'은 으레 가족 명절로 골수에까지 도장을 찍고 사는 우리 세대이다. 그런데 사전에 양해도 없이 아들, 딸 가족이 따스한 곳으로 여행을 떠난다는 소식에 한마디로 두 노인네들을 놀라게 했다. 그나마 그 소식을 귀띔해 준 것은 아들이었다.

두 노인네들은 올해 처음으로 '둘이서 오붓하고 조용하게 명절을 보내게 되는군.' 하며 이런 시간도 괜찮다고 느끼면서도 마음은 왠지 허전해 딸과 며느리에게 더없이 섭섭했다. 딸네는 더욱이 가까운 거리에 살고 있어 늘 같이 있는 기분이어서 더 섭섭했고, 아들네는 근래에 서부 쪽으로 이사를 가 전처럼 자주

보지 못해 그러잖아도 은근히 명절을 기다리고 있었는데 딸도 아닌 며느리가 으레 먼저 할 일을 아들이 귀띔해 준 일이 더더욱 섭섭했다. 그녀는 혼자서 중얼거린다. "… 나는 내 아들을 버린 적이 없는데… 요사이 젊은이(며느리)들은 제 남편이 고아(孤兒)가 되는 것을 그리도 바라고 있는가."라는 친구의 말에 나도 '내 아들도 점점 고아가 돼가는 것 같더라.'라면서 맞장구를 쳤다.

반세기도 훨씬 넘은 1960년대 초 딸을 맏며느리로 시집보내시는 친정아버님은 조용히 나를 부르셨다.

"시댁이 잘 번성 하느냐 하는 것은 오직 너한테 달렸느니라." 고 이르시던 말씀은 아직도 내 가슴을 치는데 세월은 많은 변화를 거쳐 오늘에 이르고 있으니 자식들도 본의 아니게 부모에게 섭섭한 마음을 끼칠 수 있으리라! 우리 세대는 이곳에 아무리 오래 살아도 요즈음 젊은 세대들과는 생각하는 것, 보고 느끼는 것, 또한 환경에 따르는 여러가지 조건들이 그들만의 세계를 형성하리라는 생각도 든다.

오랜 세월을 같이 지내던 아주 가까운 친지가 요사이 남편을 떠나보내고 힘들어하는 상황이지만 각자 멀리 떨어져 살고 있던 자식들은 제각기 제 가정으로 돌아갈 수밖에 없었다. 세월은 이렇게 우리에게 많은 변화를 주고 있다. 그러잖아도 팔십줄을 넘나드는 우리는 전과 같지 않게 심신(心身)의 변화를 많이 겪고 있는데 때로는 소침해지고 때로는 외로움을 타기도 한다.

조지아(Georgia)에 사는 나의 둘째 딸 집에 가면 손녀(11), 손자(6)가 많이 기거하는 Den에 '수미 집(Soomy House)의 Whis-pering(속삭임)'라는 팻말이 걸려 있는데 그 글을 볼 때마다 아, 나한테 해당하는 글이구나 싶고, 또 그 말이 좋다.

잠깐 여기서 나 나름대로 그 팻말을 해석한다.

• NO Whining: 남의 자식들을 두고 어쩌고 저쩌고 하는 엄살을 떨지 말자! 아무리 그래봐야 내 자식들만큼 편하기야 하랴! 이 세상에 으뜸은 편안함이다!!

• BE Happy: 온 식구들이 모두 건강하니 더 바랄 것이 있으랴! 몸이 건강해야 하늘도 푸르게 보인다!

• Do your own-thing: 이 세상은 오묘해서 할 일이 없다고 생각하면 정말 할 일이 없다. 그러나 내가 좋아하는 그 어느 한 가지를 발견했을 때 우리는 할 일이 너무 많은 것이다. '그 한 가지를 찾자' 예를 들면 글이고 그림이고, 음악이고, 봉사고, 여행이고… 부지기수다!

• Enjoy Life: 노년이 되니 참으로 쓸쓸하다! 여행 갈 친구도 점점 없어지고 건강도 슬슬 꼬리를 빼고 그렇다고 자금이 넉넉한 것도 아니고 그러나 위축될 것 없다. 삶이란 때론 작은 일에서 행복을 느낀다. 음식을 만든다!

• Listening : 사람들의 말을 잘 듣자! 나는 말을 많이 하는 편이라 한 말을 하고 또 하고해서 애들한테 지청구를 받는다! 안 그럴려고 애쓰는데 잘 안 된다! 해서 늘 한문의 '성(聖)' 자를 생각한다. 성(聖) 자를 해석하면 먼저 듣고 말을 해야 성현이라 일컬었다!

• Dream: 나의 며느리는 참하고 똑똑한데 꼭 필요할 때만 먼저 전화하지, 사사로울 때는 절대 먼저 전화를 안 한다. 사람은 좀 어술해야 더 정(情)이 드는 법인데…. 나는 서두르지 않고 기다릴 것이다.

나의 사위는 빈틈없이 자기 일을 잘하는데 늘, 딸과 함께 내 생일을 챙기지, 자기 혼자 내 생일날 전화하는 법이 없다. 십수 년이 지났는데 그래도 더 기다려야지….

• Big : 오늘도 나는 내 자손들에게 꿈을 전한다. 아주 큰 꿈을 품으라. 그 꿈이 이루어지면 좋고 설사 못 이루더라도 그 꿈을 이루려는 그 과정은 더 없이 크고 아름다운 것이라고…!!

반세기도 훨씬 지난 그 예전에 들려주시던 친정아버님의 말씀은 지금까지도 효력을 발생해 "너 하기에 따라 세월 속에 고아(孤兒)들도 기운을 차릴 것이다."라고 말씀하신다.

[2018. 11. 29.]

두고 온 하늘

"인연으로 이루어진 세상 모든 것들은 빠짐없이 덧없음으로 귀결되나 은혜와 애정으로 모인 것일지라도 언젠가는 반드시 이별하기 마련이다. 사람과 사람 사이의 관계도 헤어짐과 만남의 반복이기에 세상의 모든 인연은 회자정리이니라."

불교의 〈열반경〉에 나오는 말이다. 우리는 살던 땅 조국이나 처음 미국으로 왔을 때 이민 짐을 풀고 삶의 터전을 닦으면서 고국의 하늘을 그리워했다. 두고 온 하늘은 그리움이 됨을 어쩔 수 없는 인지상정이다.

15년 전 부푼 가슴을 안고 이곳 플로리다로 은퇴했을 때만 해도 보이는 길은 모두 뚫린 길이요, 마음과 몸은 또 한 번 젊음을 만나는 듯 매일 건강하게 지내면서(골프), 바쁜 매일의 삶이 더없이 즐거웠다. 하지만, 우리는 뉴욕에서 오랜 세월을 산 사람이어서지 지금까지도 철새처럼 무더운 한여름에는 그곳을 다시 찾는다.

무심한 세월은 이렇게 덧없이 흘러가는데 뉴저지와 플로리다를 왔다 갔다 하는 것이 부담스럽고 힘들어 짜증을 부리곤 했는데 어느 날 큰딸이 제안을 넌지시 했다.

"엄마! 그렇게 스트레스를 받을 것이 아니라 오가며 우리가 가고 싶었던 곳을 여행한다 생각해요!"

그후 십여 년이 지나는 동안 뉴저지, 플로리다를 오가며 참으로 아름다운 산천을 많이 둘러보았다.

메릴랜드에서 버지니아로 연결되는 총 23마일의 체사피크 브리지와 해저터널은 얼마나 아름다운가. 노스캐롤라이나주의 애쉬빌에 Biltmore Estate는 프랑스 르네상스풍 샤토 양식의 건축물이다. 1800년대 후반 조지 워싱톤 밴더빌트에 의해 지어졌는데 웅장한 정원, 7층 높이의 연회장, 만여 권의 장서를 소장한 도서관 등 실로 장관이다. 오늘날까지도 밴더빌트의 후손들이 소유하고 있다.

늦가을의 단풍을 즐기며 Blue Ridge parkway를 달리는 기분은 과연 미국의 아름다운 드라이브 코스여서 감탄하곤 한다.

어느 때부터인가, 늘그막에 만난 플로리다의 우리 마을 '꽃동산' 친구들이 이변을 겪게 된다. 십여 년이 지나면서 그렇게 건강하던 친구들이 여러분 떠나시고 여러분이 치매에 시달리고 있는데 이는 우리들의 삶의 찾아오는 당연한 노년의 증상이라 생각한다. 해서 우리는 오늘도 새벽에 일찍 일어나 열심히 골프를 치곤 한다.

사람이 사는 곳이면 두세 명만 모여도 어디든 말은 많아지게 마련이다. 50여 가족이 사는 곳이니 어찌 이곳 또한 말이 없겠느냐마는 늙음을 함께 한다는 의지 아래 친구인 우리이다. 웬만한 일들은 그러려니 하고 잘들 지내고 있다.

생각하면 지난 십여 년의 플로리다의 삶은 일장춘몽과도 같은데, 맑은 공기 찬란한 햇빛 푸른 하늘을 나는 한없이 사랑한다. 하늘에 떠다니는 변화무쌍한 구름은 쉬지 말고 계속 꿈을 지니라고 속삭인다. 나는 문득 또 한 번 부푼 가슴은 안고 꿈을 꾸고 싶다고 생각했다.

이곳에서의 오랜 꿈에서 깨어나 아들, 딸, 손자들이 있는 곳으로 가고 싶다 꿈을 꾼다! 그리고 보면 나는 나의 삶의 세 번 꿈을 꾸었는데 자식들을 키우며 삶을 수놓던 그 시절, 은퇴해 푸른 하늘 아래서 친구들과 삶을 즐기던 시절, 손자들과 말년을 수놓고 싶다는 그 꿈, 그러기 위해서 몸과 마음이 더 건강해야겠다고 다짐하며 두고 온 하늘을 만들기 위해 오늘도 열심히 골프를 친다.

[뉴욕 중앙일보 2019. 3. 26.]

시동생으로 맺어진 인연

이화여고 12대 대뉴욕 동창회장(1991), 북미주 총동창회 3대 회장(2009)을 지내신 김수자(61년) 동창과의 인연은 어언 50여 년전으로(반세기) 올라간다.

1971년 그 당시 서울에서 저의 큰시동생과 같은 은행에 근무하시던 김수자 동창이 뉴욕으로 오시게 되었다. 그때 "뉴욕에 가시면 꼭 저의 형(제 남편)을 찾아봐 달라."는 시동생의 당부로 우리는 서로 만나게 되었다.

그후 김수자 동창과는 이화여고 선후배 사이이어서 더더욱 정이 갔고, 우리는 몇 년 일찍 미국에 와 1972년 산부인과를 개업할 때(남편은 연세대 세브란스 62년 졸업한 Dr.이성재)였기에 저희가 아는 한도 내에서 뉴욕이란 곳을 설명해 드리곤 했다. 가끔 브루클린 우리 집에 들르셔서 식사도 나누며 어설프기만한 뉴욕에서의 삶에 많은 기(氣)를 받으셨다고 말씀하시곤 했다.

워낙 영민한 김수자 동창께서는 뉴욕 생활에 자연스레 자리를 잡기 시작하면서 바쁘게 지내시던 기억이 난다. 김수자 동창의 부군(김정식 목사님)께서는 하나님의 부르심으로 목회의 길을 걸으시며, 유한(有限)한 삶을 살며 하나님 앞에서 늘 도망자의 길을 걷고 있는 나약한 우리에게 본향으로 갈 수 있도록 영(靈)의 양식을 주시니 늘 감사드린다. 김정식 목사님께서는 미국 교회를 5년 목회하다가 스테이튼 한인교회에서 12년 목회하고 은퇴를 하셨다. 세월이 흘러 뉴저지로 이사를 하셔서 자주 만날 수는 없었다. 그러나 마음은 늘, 그 정(情)다웠던 그 시절이 그립다.

지난 2019년 4월 30일 김수자 동창께서 "지난 삶을 돌아보면서 목사님의 설교 13개와 나 자신에게 일어났던 일들을 엮어 책을 출판하려고 합니다. 목사님의 설교 앞 페이지에 올릴 '붓글씨'를 부탁합니다."라는 부탁의 전화를 걸어오셨다.

"부족한 저에게 이렇게 큰 부탁을 주심을 감사하오나 아직도 미미한 저이오니 사양합니다."라고 전했지만 목사님께서 '우리들의 귀한 인연'을 간직하고 싶다고 해서 감히 부족한 제 글씨를 올리게 된 것이다.

먼저, 김정식 목사님과 김수자 동창님의 지나오신 그 뜻깊은 삶을 책자로 출판하심을 진심으로 축하드리며 감사한 마음 금할 길 없다. 이화 동창 모든 분이 다 아시는 바와 같이 김수자 동창께서는 오랜 세월 이화를 위해 헌신적으로 많은 일을 하셨으며 지금도 계속 정진하고 계시는데 특히 지난 2009년 '스크랜튼 서거 100주년 기념 음악회', 2014년 대뉴욕 동창회 40주년 축하 만찬 등 그 수많은 이벤트는 오직 그분이 늘 말씀하신 현대여성 신교육의 발상지인 이화의 딸이셨기에 가능하셨으리라 자부한다. 다시한번 그분들의 책 출간을 축하드리며 우리들의 귀한 인연을 하나님께 감사드린다!

[2019. 6. 9. 정덕자(순덕) 이화 57년]

삶의 무게

팔십 줄에 들어서면 삶의 무게도 서서히 줄어들 줄 알았는데 살면서 더해지는 이 생(生)의 무게는 지칠 줄 모르고 가속으로 더 불어나는 것 같다.

오랜 세월 가까이 지내던 지인이 요사이 치매 증상이 악화돼 사고로 돌아가셨다는 소식은 우리를 슬프게 한다. 그가 오랫동안 지병으로 고생했기에 이런 일도 있을 수 있겠다고 생각한 것에 비해 슬픔은 우리들의 삶의 무게를 더한층 무겁게 짓누른다.

올해는 유별나게 많은 분이 돌아가셨는데 자주 뵙지는 못했지만 늘, 부족한 나에게 계속 글을 쓰라고 격려해 주고 기쁨을 주셨던 분, 얼마 전까지도 그분의 귀한 말씀을 들었는데 돌아가셨다는 소식에 큰 충격을 받았다. 이분들은 나와 유난히 가까이 지내던 분들이어서 더 충격을 주었겠지만 아마도 우리가 노년이 되었기에 있게 되는 자연현상이리라 생각된다. 해서 나는 요사이 '삶의 가지를 치자' 생각했다.

우리의 삶이 탄생으로부터 시작해 소년·청년·중년·장년·노년으로 접어들었는데 모든 세상 이치가 어떻게 똑같을 수가 있으랴. 노년에 접어들면 고독하고 외롭고 친구들도 떠나고 기억력도 빠져나가고 건강도 나빠져 삶의 의욕도 상실한다. 허나 이 모든 일이 삶의 가지들이라 생각한다.

나무는 뿌리, 잎, 열매, 나무질로 된 줄기 등을 가지고 있는 여러해살이 식물이다. 나무들은 신록의 계절에 뜨거운 태양을 견뎌내고 온 천지를 푸르게 장식하다가 산들을 화려하게 단풍으로 마무리하고 하나씩 둘씩 우수수 떨어지지만 뿌리는 그 정기를 땅 속에 품고 삭풍을 견뎌내며 내일의 따스한 봄을 기다린다. 삶의 가지도 이렇게 여러 형태로 나타난다.

나는 오랜 세월 '친구야말로 또 하나의 나이다.'라고 생각했다 (키케로). 그리고 '친구란 온 세상 사람들이 다 떠났을 때 오직 나를 찾아오는 사람이다(London Times 설문 중 1등 당선 표어).'라고 믿었다. 그러나 '친구인 체하는 사람은 철새와 같아서 날씨가 추워지면 곧 곁을 떠난다(탈무드).'는 사실도 알았다.

요사이 우리가 점점 늙어간다는 사실이 삶을 편안하게 해 주는 것 같아서 좋다. 이것도 가지를 쳐주는 일이다.

나는 요즈음 '문학 산책'을 열심히 들으러 다닌다. 문학 산책이라고 거창하게 무엇을 배운다기보다 펼쳐지는 나의 삶에서 '쉼표'를 얻으려 다닌다. 젊은 날에 나에게 꿈과 이상을 주었던 그 아름다운 이야기들… "까뮤의 이방인, 헤밍웨이의 노인과 바다, 이광수의 사랑, 셰익스피어의 햄릿…"을 선생님이 물 흐르듯이 얘기를 하시면 나는 끝없이 펼쳐진 해변가에서 마냥 산책하며 떠오르는 해가 찬란하다고 나에게 속삭인다.

　나무는 그 아름다운 잎들을 모두 불사르며 나목이 돼가지만 그 뿌리는 내일의 꿈을 꾸며 살의 무게를 더하고 있다. 나도 내 삶의 가지를 쳐줄 때 우리는 자연스레 아름다운 노년을 불사르게 되리라 믿는다.

[뉴욕 중앙일보 2019. 10. 7.]

스쳐가는 풍경들

　며칠 전 우리 마을에서는 '팔순 잔치'가 있었는데 10여 년 전부터 많은 분이 팔순을 맞이하셨기에 오늘의 주인공인 닥터 김께서는 '막내둥이 팔순 잔치'라 할 만큼 세월이 흘러가고 있었다. 지난 2000년 초반부터 만난 우리, 은퇴 마을은 미주에서 가장 많이 은퇴한 한인들이 한곳에 모여 사는 곳이다. 10년이면 강산도 변한다는데 미운 정, 고운 정이 한데 어울려 참으로 인정(人情)을 나누며 살고 있다. 아름다운 풍경이다.

　사랑과 배려와 축복을 나누는 그 잔치 마당에 특별 프로그램이 있었는데 다름 아닌 우리가 만난 그 시절부터 오늘에 이르기까지의 변화된 우리들의 모습. 그리고 먼저 가신 분들의 영상도 우리가 다시 한번 볼 수 있도록 주최 측이 배려한 그 되돌아온 시간이 참으로 아름답고 감동을 주었다. 전 같으면 '사라져 가는 풍경들'이란 생각이 들어 허무와 슬픔이 전신을 짓눌렀을 텐데 나는 왜인지 우리들의 삶이 스쳐 가는 풍경들이란 생각이 들었다. 가슴 벅찬 필름들이다.

2020년 올해가 경자년 쥐띠 해라는 데 나의 새해 소망은 빠르고 영민하며 부지런한 쥐의 힘을 빌려 삶을 긍정적으로 바라보기로 했다. 그리고 보니 어린 시절 여름방학이면 시골 친척 집에 머물다가 집으로 돌아오는 기차 속에서 바라보던 바깥풍경은 산도 지나가고 개울도 지나면서 빠르게 스쳐 가던 산천초목들이 그리고 틈틈이 서 있던 초가집들이 그렇게 아름답고 신기할 수 없었다. 그 모습들은 천천히 들여다볼 수는 없었지만 어린 나의 가슴에 무한한 희열을 안겨주곤 했다.

1938년 장편소설 『대지(大地)』로 노벨 문학상을 탄 펄 벅 (Pearl S. Buck, 1892~1973) 여사가 1960년 처음으로 한국을 방문했다. 그녀가 경주 방문했을 때 목격한 광경-해 질 무렵, 지게에 볏단을 진 채 소달구지에도 볏단을 싣고 가던 농부를 보고 소달구지에 볏단을 실어 버리면 힘들지 않고 또 소달구지에 타고 가면 더욱 편할 것이라는 생각에 "왜 소달구지를 타지 않고 힘들게 갑니까?" 물으니 "에이! 어떻게 타고 갑니까. 저도 온종일 일했지만, 소도 온종일 일했는데요. 그러니 짐도 나누어서 지고 가야지요." 이는 펄 벅 여사의 한국 체험기인데, 그녀는 고국으로 돌아간 뒤 '세상에서 본 가장 아름다운 광경'이었다고 기록했다.

우리는 요사이 빠르게 변해가는 삶을 살면서도 가끔 이처럼 아스라하게 스쳐 가는 풍경들을 만난다.

대한민국 시인(詩人) 조병화 선생(1921.5.2~2003.3.8)은 문단에 기여한 공로로 아시아문학상(1957), 대한민국예술원상(1985), 금관문화훈장(1996)을 받으셨는데 그의 시(詩)는 인간의 숙명적 허무와 고독을 쉽고도 아름다운 시어로 그렸다는 평가를 받아온 낭만, 순수시인이다. 새해를 맞으면서 조병화 선생의 신년시(新年詩)를 그려본다.

흰 구름 뜨고 바람 부는/ 맑은 겨울 찬 하늘/ 그 무한(無限)을 우러러보며 서 있는 대지의 나무들처럼// 오는 새해는/ 너와 나, 우리에게/ 그렇게 꿈으로 가득하여라// 한 해가 가고/ 한 해가 오는/ 영원한 일월(日 月)의/ 영원한 이 회전(回轉) 속에서 // 너와 나, 우리는/ 약속된 여로(旅路)를 동행하는/ 유한(有限) 한 생명// 오는 새해에는/ 너와 나, 우리에게/ 그렇게 사랑으로 더욱더/ 가까이 이어져라

[뉴욕 중앙일보 2020. 1. 29.]

거목의 그늘

우리가 사는 이웃에는 뜨거운 날 그늘이 되어주는 나무들이
있다.

"야! 나는 너희들 있는 뉴저지에 가고 싶은데…."

"안돼! 여기는 아직 위험해… 뉴저지보다 플로리다가 엄마한
테는 안전해. 그러니 정신 좀 차리고 한참 거기 더 있어요!"

맞는 소리인 것은 나도 안다. 그런데 그래도 나는 너희들 있는
뉴저지에 가고 싶어…. 이 나의 마음을 너희들이 알까!

지난 3월 중순부터 남들은 다 치는(골프 카트에 한 사람씩)
골프를 나는 안 치고 있다. 남들은 내가 코로나바이러스 때문에
겁이 나서 안 치는 줄 알지만 실은 자식들과 이 동네 친구들
때문이다.

3월 중순 큰 딸애와 대화 중 "괜찮아! 나는 골프를 칠 거야!"
했더니 "엄마가 골프를 치면 내가 스트레스를 얼마나 받을 줄

알아요?" 한다.

나는 요즈음 내가 정말 '혼자'인 것을 거듭거듭 느낀다. 십여 년 전 남편이 떠났을 때 '…아! 혼자구나! 망망대해에…'

다시 생각해보니 그때는 자식들과 친지들이 '등대'나 의지할 푸르러가는 숲의 역할을 했기에 나는 용기를 얻고 내 삶을 수 놓을 수 있었다.

그런데 요즈음은 상황이 변했다. 눈에도 보이지 않고 싸울 수도 없는 이 무서운 바이러스는 전 세계를 강타하고 있으며 우리는 오직 방어태세만 취할 뿐이다. 'stay at home, save lives, social distance' 하며 부모와 자식도 얼굴을 볼 수 없는 시대를 만들었고 가택연금으로 옆집과도 고립과 단절로 오늘을 살고 있다.

나는 요즈음 늙어서 해로하는 부부들이 부럽다. 둘이 함께 있으니 우선 자식들이 부모의 안전에 덜 신경을 쓸 것이며, 아이들이야 다 걱정을 하겠지만 그래도 혼자 있는 사람보다는 부부의 힘이 셀 것이다. 예년 같으면 아이들한테로 올라갈 시기인데 이건 갈 수도 올 수도 없는 입장이니 참으로 난감하다. 또한 혼자 있는 사람들은 무슨 일이라도 생기면 옆집 사람도 꼼짝할 수 없는 현실이니 도움도 힘들다. 이 외중에도 우리 마을에는 몇 주 전 연세 지긋하신 선배분께서 아침에 심장에 이상이 와서 수술을 잘 받으시고 지금은 회복기에 계시는데 너무나도 우리를 놀라게 했던 사건이다.

오늘도 우리 집 뒤뜰의 풍경은 한산하다. 바로 건너다보이는 곳이 Activity Center인데 늘 북적거리던 그곳은 허허벌판으로 변했고 가끔 차가 드나들고 이른 아침이면 맑은 공기 찾아 걷는 사람들의 모습이 스칠 뿐이다.

처음에는 인적 없고 적막한 그 모습이 낯설어 도통 마음에 안정을 잃고 서성거렸으나 나는 요즈음 2018년 노벨문학상 수상 작가 올가 토카르추크의 '태고의 시간들'에 푹 빠져 있다. 폴란드의 평론가 마리아 엔티스가 언급했듯이 가상의 공간 태고는 생성과 소멸의 과정 안에서 지속과 변형을 되풀이하고 있다. 그러므로 태고의 이야기는 공간에 대한 이야기이자 시간에 대한 이야기이며, 동시에 인류에 관한 이야기라고 했다. 이 글을 읽으면서 허허벌판을 바라다보니 계절은 어김없이 찾아와 항상 우리에게 큰 쉼터를 만들어 주던 푸른 거목들이 올해도 힘차게 자라고 있었다.

우리가 참고 기다리면 세계를 뒤흔든 역병의 환란을 주는 코로나바이러스도 힘이 빠질 날이 곧 오겠지 희망을 건다.

[뉴욕 중앙일보 2020. 5. 6.]

귀양살이

십여 년 전(2004) 우리가 플로리다로 은퇴를 결정했을 때 남편의 대선배이신 Dr. H 선생님께서는 "아니 그곳은 꼭 '귀양살이' 하러 가는 곳 같던데 그래도 되는 건가?" 하시던 말씀이 지금까지도 내 뇌리에 머물고 있다. 그도 그럴 것이 그 오랜 세월 뉴욕 같은 큰 도시에서만 살던 사람이었으니 모두 놀라워했다.

그 당시 나는 원래 뉴욕을 좋아해 은퇴하면 할 일이 많을 것 같았다. 그동안 보고 싶었던 것, 가고 싶었던 곳, 공부하고 싶었던 것… 이 모든 것들을 훌훌 떨어버리고 남편 따라 이곳 플로리다에 정착하고 보니 참으로 별천지였다.

하늘은 맑고 늘 푸르르며, 공기 또한 청정한데 떠다니는 구름은 변화무쌍 그렇게 아름다울 수가 없었다. 거기에 더해 이곳은 '골프의 천국'으로 자타가 인정하는 곳이었다. 나는 속으로 이런 별천지라면 은퇴 후 귀양살이하는 것도 괜찮겠다고 마음이 많이 누그러지고 있었다.

그러면서 세월이 흘러 몇 년을 그이는 이곳에서 느긋하게 삶을 즐기다가 떠났다. 그 당시 나는 이곳을 떠나려고 했지만 이곳에서의 삶 또한 늙어가는 우리에게 활력을 주는 것이기에 오늘에 이르기까지 뉴저지를 왕복하며 이곳에서의 삶을 즐기고 있었다. 그동안 많은 세월이 흘러 팔십 줄에 이르고 보니 요즘음 아이들 있는 뉴저지로 이주를 결정하고 있는 이때 온 세계가 소리없이 닥친 코로나19에 직면하게 된 것이다.

매년 5월 초면 뉴저지로 올라가 11월 초면 이곳에 내려오던 일상생활을 정지당한 채 오늘도 플로리다에 머무르고 있다. 요즘음 우리는 부모와 자식도 얼굴을 볼 수 없는 시대에 살며 집콕(stay home), Social Distance를 지켜야 하기에 누구나 고립과 단절로 매일 살고 있다.

몇 달 전 이 생활이 시작될 때는 너무나 심신이 답답해 삶의 기력을 잃고 마음에 안정을 찾을 수가 없었는데 나는 문득 십여 년 전에 선배님이 말씀하셨든 '귀양살이'란 말씀이 번쩍 마음에 떠올랐다.

귀양살이라…. 원래 귀양살이란 조선 시대의유배 생활을 말하는데 세상과 동떨어져 외롭고 불편하게 지내는 답답한 생활을 비유적으로 이르는 말로써 조선 후기 『목민심서』 『여유당전서』

등을 저술한 유학자, 실학자인 다산 정약용(1762~1836) 선생의 귀양살이 시문학 유배시집을 보면서, 요즈음 나의 생활이 영락없는 귀양살이처럼 생각되었다. 귀양살이가 얼마나 힘들었으면 그렇게 많은 책을 저술하면서도 간간이 '귀양살이의 8가지 취미 생활'을 그의 시문학, 유배시집에서 볼 수 있다. ① 바람 읊기 ② 달 노래하기 ③ 구름보기 ④ 비대하기 ⑤ 산 오르기 ⑥ 물 만나기 ⑦ 꽃 찾기 ⑧ 버들 따라 하기 등 심신의 재충전이 우리 인간에게는 필요한 것이다.

매년 여름이면 뉴저지에 올라가 아이들과 여행도 다니고 맨해튼 나가 사람 물결에 휩싸여 정신을 쏙 빼는 사는 맛이 그립기도 하지만 올해는 이곳에서 마음을 가다듬고, 취미생활도 하면서 그래도 간간이 골프도 치고 청정한 푸른 하늘 아래 펼쳐지는 변화무쌍한 구름을 벗 삼아 플로리다를 사랑하리라 마음을 다잡는다.

우리는 모두 이 어려운 시기에 나름대로 각자의 귀양살이를 하고 있다고 생각한다. 이른 시일 내에 이 귀양살이를 청산하고 본래의 우리의 모습으로 되돌아가기를 기원한다.

[뉴욕 중앙일보 2020. 6. 18.]

삶의 기쁨

얼마 만인가. 골프를 치면서 골프가 잘 맞아 이렇게 기분이 좋은 것은 실로 오랜만이다. 코로나바이러스가 온 세상을 아수라장으로 만든 지난 3월 이후 두어 달을 쉬다가 지난 5월부터 골프를 다시 치기 시작했는데 그 이후 골프뿐만 아니라 주위에 모든 일이 짜증으로 얽히고설켜 삶이 고달프고 스트레스가 쌓여 하루하루가 즐겁지 않아 골프마저 힘들었는데 참으로 희한한 일이 오늘 골프를 치면서 일어났다.

오늘은 근래에 드물게 골프가 잘 맞는 것이 기분이 좋았는데 그 기분이 이어져 집으로 돌아와서도 피곤하지도 않고 상승한 기분은 그동안 쌓였던 스트레스까지도 완화해 주는 것이었다. 요즈음 그렇게도 힘들던 몸과 마음이 느긋해지며 지난 6개월 이상 내 마음에 흐르던 나를 둘러보니 세상만사가 모두 짜증과 불만과 걱정, 투정이었음을 상기했다.

골프를 마치고 신이 나서 집으로 돌아오면서 "그래! 무엇이든지 잘해야 해…! 나의 처한 입장에서 최선을 다하는 거야…." 나는 휘파람까지 불며 오랜만에 행복했다! 우리의 삶 속에서 기쁨을 찾는 것은 자신의 숙제이지 환경이 아니지 않은가.

영국 BBC 방송국에서 행복 위원 전문가 6명을 투입해 연구하고 발표한 행복헌장은 무슨 거창하거나 특별한 소재가 딸린 것이 아니라 우리의 평범한 일상생활에서 할 수 있는 것들이어서 마음 먹기에 따라 행복은 늘 우리와 가까이 있음을 상기시켜주었다.

1. 운동하라. 한번 시작하면 30분 정도 넘지 않게 일주일에 세 번 정도 해라.

2. 좋았던 일을 떠올려라. 하루에 지난 좋았던 일을 5가지 정도 떠올리고 적어가며 즐겨라.

3. 대화를 나눠라. 한 주간에 한 시간 정도 누군가와 진지한 대화를 나눠라.

4. 식물을 가꾸어라. 자기가 좋아하는 화초를 가꾸면서 화초와 대화를 해라.

5. TV 시청시간을 현재보다 절반으로 줄여라.

6. 미소를 지어라. 아는 사람은 물론 낯 모르는 사람을 만나도 늘 미소를 지어라.

7. 하루 한 번 문안 전화를 해라. 부모님, 자녀는 물론 나를

기다리고 있는 사람에게도 해라.

8. 큰 소리로 웃어라. 빙긋이 웃거나 비웃는 웃음이 아니라 내 몸이 알아듣도록 크게 웃어라.

9. 매일 자기 자신을 칭찬해라. 칭찬할 일을 찾아 참 잘했다고 해라.

10. 매일 누군가에게 친절을 베풀라. 그 친절이 결국 나에게 행복으로 돌아온다.

이러한 모든 행동은 내 마음속 깊이 감사하는 마음이 나를 인도할 때 생기는 것이라고 이 글을 읽으면서 생각했다. 더구나 요즈음 같이 코로나바이러스로 사람들과 대면 생활을 못하고 집콕하며 지내야만 되는 현실에서 우리가 할 수 있는 일이라 생각하니 마음이 느긋해진다.

십 년 죽마고우인 내 친지는 암으로 투병 생활을 하는 중인데도 늘 활기차고 때때로 우울증이 찾아와도 슬기롭게 잘 넘기며어서 빨리 만나자고 코로나바이러스를 달래며 살고 있다. 그와 통화를 할 때면 "…늘, 감사하지… 그래도 잘 먹고 잘 자며 우리가 만날 수 있는 날을 기다리는 것은 얼마나 큰 축복이며 기쁨인가를…." 그는 늘, 그렇게 말한다. 나는 그를 보며 언제나 긍정적인 삶의 희열과 힘을 맛본다.

[뉴욕 중앙일보 2020. 9. 29.]

등대지기

요사이처럼 마음이 허하고 난항의 길을 걸어보기는 오래간만인 것 같다. 거의 3년 동안 이어지는 팬데믹은 너나 할 것 없이 우리를 철장 속의 새로 만들어 놓고 있어 날마다 우울함에서 시작한다.

나는 고층 건물에 살고 있어 새벽에 눈을 뜨면 자연 밖을 내다보는데 이렇게 추운 날씨에도 아침 7시 30분경이면 어김없이 인부들이 모여 새집을 짓고 있고, 길 건너 학교 운동장에서는 초등학교 학생들이 부모들의 손을 잡고 씩씩하게 등교하는 모습을 보면 그들은 나에게 등대의 역할을 해준다.

GPS가 발달한 현대에서는 갈수록 등대의 중요성이 떨어지고 있고, 있던 등대들도 거의 무인화되고 있어 찾아보기도 어렵지만, 과거엔 이들이 없으면 배가 야간항해 정박을 할 수가 없었다. 배가 사고를 당하지 않고 무사히 야간에 항해하고 정박할 수 있도록 돕는 것이 등대요, 그를 인도하는 것이 등대지기라 하겠다.

요사이 좀 잠잠해지려나 했던 팬데믹은 오미크론이라는 변종이 생겨나 그 무서운 전파력에 모든 사람을 더더욱 묶고 놓고 있다. 우리 아파트만 해도 아래층 스파, 도서실, 각종 운동시설을 모두 일단 문을 닫는다는 공지사항이 나돌고, 그나마 일주일에 한 번 나가던 서예 교실도 쉬고 있는데 곧 다시 시작할 예정이다.

이 와중에서도 우리는 이를 뚫고 하나의 빛을 볼 수 있는 능력이 있기에 오늘 하루도 선물이고 희망이다.

펜실베이니아에 사는 나의 셋째 시동생은 거의 20여 년 전에 뇌졸중이 와 그동안 참으로 열심히 건강을 챙겨 거의 정상으로 근래 잘 지내고 있었는데 지난 연말 다시 또 뇌졸중이 와 요사이 또 힘들게 지내고 있어도 절망하지 않고 모든 테라피를 잘 받으면서 희망 속에 지내고 있다. 그에게 닥친 난항 속에서도 그는 등대를 찾기에 여념이 없다. 삶은 '빛'을 잃지 않는 한 우리는 희망을 바라볼 수 있다고 생각하며 용기를 얻는다.

오랜 세월 인간의 '희로애락'을 노래하는 우리 문학 교실의 한 문우께서는 이 어려운 팬데믹에서 그 힘든 요가(yoga)를 공부해(American Yoga Academy) 지금은 요가 선생님으로서 학생들을 가르치고 지역사회 봉사까지 하고 계시다. 이분은 이 혼란한 난항을 거쳐 가는 시기에 우리에게 등대의 역할을 하는 것이다. 생각하면 나의 주위에는 고마운 분들이 많다. 우리는 서로 만나지는 못해도 카톡을 통해 LA, FL, NY 어디서건 서로의 안부를 묻고 좋은 정보를 주고받으며 이 난항의 길을 헤쳐 나간다.

우리 문학 교실의 김정기 선생님께서는 새해에 이메일을 주시며 올해의 '신춘문예 시' 시 당선작을 회원들에게 보내시며 세월이 가도 가슴 뛰게 하는 다선 시를 많이 읽고 공부하라고 격려하신다. 서예 교실의 유영은 선생님께서도 임인년 새해에 격탁양청(激濁揚淸), 탁류를 흘려보내고 맑은 흐름을 받아들인다는 신년원단을 보내주시고 계속 윤동주 선생님의 〈서시〉, 두보의 〈춘망〉 등 체본을 보내시며 회원들을 격려하신다. 선생님들께서는 이 난항 속에서 침체해 있는 우리에게 '빛'을 발하시며 그 힘든 '등대지기'의 역할을 하시는 것이다.

하나님께서 만드신 우리 모두 각자의 등대를 찾아 감사와 긍정의 힘으로 이 난항의 세월을 헤쳐 나갈 때 임인년 새해에는 기쁜 소식이 들리기를 확신한다.

[뉴욕 중앙일보 2022. 1. 26.]

팬데믹의 건널목에서

    때아닌 탈장 수술이라니….

    좀 잠잠해지려니 했던 코로나가 또다시 고개를 쳐드는 요즈음 원 듣도 보도 못한 탈장 수술을 하느라고 몸과 마음이 주눅이 더 들어 한심한 요즈음이다. 늙어 뱃가죽이 얇아져 창자가 제자리에 있지 못하고 그 궤도를 벗어나는 증상이라니 늙기도 서러운데 건강하던 몸이 늙음의 텃세를 하느라고 이곳저곳이 약해지는가 보다.

    그런데 수술을 기다리고 또 수술을 받는 등 그 힘든 시간을 그래도 기쁨과 긍정적으로 지낼 수 있게 한 것은 그 당시 진행되고 있던 윔블던테니스대회였다. 요즈음 막 끝난 제150회 디오픈 골프대회(스코틀랜드 세인트앤드루스 올드 코스) 등 스포츠가 안겨주는 힘이었다. 팔십이 넘은 요즈음도 마음은 젊어 그들과 같이 한 호흡을 하고 있다고 느껴지는 데 몇몇 선수만 삼십 대지 거의 이십 대의 젊은 선수들을 보면서 한참 깃발을 날리던 몇십 년 전에 나를 둘러보고 또 한 번 삶의 희망을 가져보는 희열을 누렸다.

참으로 요사이는 걸림돌도 많다. 가까운 친구들에게서도 전화도 뜸하고, 모임도 줄어들었고, 어쩌다 전화해도 뭐하느냐는 물음에 한결같이 "뭐하긴, 그냥 집에만 있지(집콕)" 한다. 하긴 너나 할 것 없이 팬데믹 시대의 유혹을 뿌리칠 수가 없는 것이리라. 그렇다고 이렇게 두 손 놓고 나 몰라라만 할 수가 있겠는가.

요즈음 전국적인 폭염으로 난리를 겪고 있는데, 더구나 더위에 지친 사람들 '삼계탕'을 많이 찾는 모양이다. 가까운 친지가 카톡으로 보내온 한 메시지다.

복날 훈시, "정신 똑바로 차리고 엄마 아빠가 먼저 가더라도 쓸데없이 돌아다니지 말고, 열심히들 공부해서 복날 없는 나라로 유학 가서 행복하게 살기 바란다. 이상!" 큰 어미닭이 병아리 6마리를 앞에 놓고 훈시하는 모습이 너무 재미나고 뜻있게 읽었다.

나도 한마디 팬데믹 시대의 경고, "정신 똑바로 차리고 팬데믹 시대에 기죽지 말고 자신에게 어울리고 좋아하는 취미활동을 찾아(책 읽기, 운동, 컴퓨터, 봉사활동, 여행, 그림…)."

오늘을 살 때 나 자신 초조함에서 벗어나 여유를 찾을 수 있으리라.

　시카고에 사는 가까운 친지는 지난해 어려운 수술을 받고 힘들어했는데 요사이 많이 회복되어서 집에서 요양하면서 날마다 기뻐하며 지내는 데 하나님께서 우리 인간에게 무료로 주시는 감사함, 편안한 마음, 서로 사랑하는 마음, 취미생활을 통해 오늘을 살고 있다.

　나는 오늘도 서예 시간에 익힌 내가 좋아하는 글 한 편을 올리고 싶다.

　"정수유심심수무성(靜水流深深水無聲), 깨끗한(고요한) 물은 깊게 흐르고 깊게 흐르는 물은 소리가 없다."

　우리 모두 희망과 긍정의 힘으로 팬데믹의 건널목을 건너기를 바란다.

[뉴욕 중앙일보 2022. 7. 27.]

잃어버린 시간들

여행의 행복 지수

우연히 일어나는 좋은 일을 기대하며 설레는 마음으로 집을 떠나는 일은 분명 여행의 진수일 것이다. 나이가 80을 넘으니 어디 가는 것도 조심스럽고 더구나 딸과 단둘이 차를 몰고 떠나는 것은 모험 같아 마음이 심히 내키지는 않았지만, 워낙 자연을 벗 삼아 4계절의 변화를 탐하는 딸의 지구력에 두손 들고 3박 4일 일정으로 우리는 미국 동북부 뉴욕주에 있는 레이크 플래시드(Lake placid)를 향해 힘찬 발걸음을 내디뎠다.

뉴저지에서 5시간이나 걸리는 레이크 플래시드는 산, 푸른 언덕, 호수와 스키 코스로 이루어진 그림 같은 지형으로 미국에서는 1932년과 1980년 두 차례 동계올림픽을 개최한 곳으로도 잘 알려져 있다.

플래시드 마을은 애디론댁 산맥과 레이크 플래시드 사이에 있는 데 집을 떠난 지 몇 시간 만에 이렇게 자연이 주는 아름다움을 온전히 느낄 수 있으니 요즘 같은 팬데믹시대에 더없는 힐링이 되는 듯했다. 레이크 플래시드의 명물인 미로 호수(Mirrow lake) 뒤로 펼쳐져 있는 산들의 조화에 마음을 빼앗기며 시원하게 펼쳐진 호숫가에서 그동안 쌓인 찌든 마음의 때를 벗기고 있었다. 레이크 플래시드의 올림픽센터에 들러 뮤지엄도 보고 올림픽 스키 점핑 콤플렉스도 돌아보았다.

레이크 플래시드 메인 스트리트에서 차로 20여 분 안에 있는 화이트페이스 마운틴으로 향하는 길은 차로 거의 정상까지 올라갈 수 있었는데 미국에서 5번째로 높은(4,867피트) 화이트페이스를 오르면서 푸른 하늘과 푸른 산, 밑으로 펼쳐져 있는 호수들을 보면서 나 자신이 얼마나 미미한 존재인가를 다시 한 번 실감하면서 자연의 위대함을 느꼈다. 산의 정상에서 사방을 둘러보니 어디를 봐도 막힘이 없고 마음이 느긋해지면서 얼마 전 지인이 보내온 글이 떠올랐다.

자비존인(自卑尊人)이라. "자신을 낮추고 상대방을 높여주면 다툼이 없다." 엘리자베스 영국 여왕이 만찬에 중국 관리들을 초대했다. 그런데 당시로서는 서양식 식사를 해본 적 없는 중국인들은 핑거볼에 담긴 손 씻는 물이 나오자 차인 줄 알고 마셔버렸다. 그러자 여왕은 그들이 당황하지 않도록 손 씻는 물에 손을 씻지 않고 같이 마셨습니다. 핑거볼에 손을 씻는 예의 형식도 중요하지만 이에 얽매이지 않고 상대를 배려해 핑거볼의 물을 같이 마시는 마음이 바로 진정한 '예'입니다. 상대가 누구더라도 자신을 낮추고 상대를 높여 주는 것입니다. 하여 맹자는 "공경하는 마음이 '예'이다"라고 하고 주자(朱子) 역시 "예는 공경과 겸손을 본질로 한다."고 했다.

마음에 욕심이 가득하면 찬 연못에도 물결이 끓는 듯해 자연에 묻혀 살아도 고요함을 느끼지 못한다. 하나 마음이 비어 있는 사람은 폭염 속에서도 서늘한 기운이 생겨 더위를 모르고, 시장 한복판에 살아도 시끄러움을 모르는 법이다. 자신을 낮추고 남을 높이면 세상에 다툼이 없이 화평할 것이다. 자신을 낮추면 높아질 것이요, 자신을 높이면 낮아질 것이라 했다.

나는 이번 여행에서 우연히 일어나는 좋은 일들로 많이 행복했다. 레이크 플래시드 메인 스트리트를 따라 걸으면서 사라토가 올리브 오일집에서 내가 좋아하는 ginger and black garlic 올리브 오일을 하나 집어 들었다.

[뉴욕 중앙일보 2022. 9. 22.]

훈장을 다셨습니다

　매일 밤 잠자리에 들면 신나서 중얼거리는 자장가가 있는데 다름 아닌 '골프 시편 23편'이다. 어느 때는 끝까지 다 중얼거리지만 때로는 어느 사이 끝을 맺지 못하고 잠 나라로 들어간다.

　그리곤 꿈속에서 나는 가끔 신나게 골프를 친다. 생각하면, 골프를 치던 지난 40여 년의 세월이 나의 삶의 황금기였음을 실토한다. 물론 지금도 골프를 칠 수 있고 여력이 남아 있지만, 작년 뉴저지로 올라와서부터는 펜데믹이다 뭐다 걸림돌이 많아 일단 골프채를 접고 집에서 할 수 있는 운동이나 글쓰기, 서예 등 그런대로 바쁘게 움직이는 중에 얼마 전 나의 한 골프 동지를 잃었다.

　이 난감(難堪)한 심정이라니…. 그 오랜 세월 서로 멀리 떨어져 있지만, 우리 여덟 집은 일 년이면 몇 번씩 만나 골프 재력을 나누며 삶을 노래했기에 지금처럼 이렇게 적막하지는 않았고 나이를 잊고 삶은 늘 긍정적이고 풍요로웠다. 사람이 나고 떠남은 하늘의 이치일진대… 그래도 마음을 주고받은 사이라 그런지 요사이 일이 손에 잡히지 않고 서성거린다.

나는 문득 지난번 피부과를 방문하였을 때 "Mrs, Lee! 이제 훈장을 다셨습니다."하던 담당의사의 말이 생각났다. 몇 달 동안 무릎 바로 위 허벅지에 생긴 점 같은 것이 없어지지 않아 진찰을 받으니 이제 늙어 검버섯이 많이 생긴 것이라며 그냥 두라는 그 말을 들으며 그러고 보니 아직 마음만 젊었지 몸은 어쩔 수 없이 이렇게 늙어가고 있구나! 실감하며 이제는 몸 이곳저곳에 훈장을 많이 달아도 겁도 없이 그러려니 하며 지낸다. 마치 나이를 인정하겠다는 듯이….

훈장이란 무엇인가. 나라와 사회를 위해 훈공을 세운 사람에게 국가가 수여하는 휘장이라고 한다. 그러니 나도 80평생 넘도록 나를 지탱해준 나의 몸에 감사할 따름이다. 이제는 귀도 멍하고, 돌부리에 흙더미에 넘어질 것 같다며 짜증 내지 말고, 골프할 때 손에 멍이 잘 든다고 푸념하지 말고 오랜 세월 건강을 위해 애쓴 나에게 훈장을 주며 칭찬과 격려를 보내야 할 것 같다.

세월이 흘러 내가 훈장을 다는 나이가 되고 보니 요사이 할아버지 생각이 많이 난다. 1876년생이신 할아버지께서는 일찍 혼

자 되시어 오랜 세월 혼자 계셨는데 거드름도 피우실 환경 속에
서도 늘 부지런하시고 남을 탓하는 법이 없으셨다. 생각하면 훈
장을 많이 다셨을 연세 때에도 자손들이 좀 쉬시라고 말씀드리
면 "매일 뜨는 저 태양이 쉬는 것 보았니? 사람은 늘 움직이고
하는 일이 있어야 한다."고 말씀하셨다. 늘 하늘과 땅, 자연을
사랑하셨던 할아버지….

며칠 전 LA에 있는 지인이 보내준 시(詩) 한 수이다.

"따뜻한 햇볕 무료. 시원한 바람 무료, 아침 일출 무료, 저녁
노을 무료, 붉은 장미 무료, 흰 눈 무료, 어머니 사랑 무료, 아이
들 웃음 무료, 무얼 더 바라, 욕심 없는 삶 무료"

이 시(詩)가 대한민국 시(詩) 부분 1위라네요!

나는 오늘도 감사할 것이 너무 많은 나의 삶 속에서 먼저 떠난
나의 골프 동지를 생각하며 그의 푸근한 미소를 그리워한다.

[뉴욕 중앙일보 2022. 11. 25.]

책을 읽는다는 것은 경이로운 일

지난 크리스마스에 며느리로부터 책 두 권을 선물로 받았다. 그 하나는 오프라 윈프리(Oprah Winfrey)의 『내가 확실히 아는 것들』과 또 하나는 박완서의 『노란집』이다. 박완서의 『노란집』은 지금까지 출간된 적 없는 작품들로 작가 박완서가 가장 애착을 가지며 생의 마지막 순간까지 머물렀던 공간, 아치울의노란집에서 태어난 짤막한 미발표 소설들과 인생의 깊이와 자연의 멋과 맛이 절로 느껴지는 산문들로 맏딸 호원숙 작가가 어머니의 유작들을 모아 책을 출간한 것이다.

오프라 윈프리의 『내가 확실히 아는 것들』은 TV 토크쇼의 여왕 오프라 윈프리가 14년에 걸쳐 자신의 삶을 풀어낸 그녀가 직접 쓴 유일한 책이다. 가난과 인종차별이라는 장애물을 뛰어넘고 인간에 대한 공감과 진실한 소통으로 인생에서 깨달은 삶의 진실을 들려 준다.

팔십 평생 지난 나의 삶을 둘러보면 책 속에 파묻혀 고전, 문학 전집 등을 섭렵하던 시절도 있었고, 1960년도 중반에 미국에 도착해 아이들 키우며 바쁘게 지내느라 한참을 잊고 지낸 '책읽기'를 1980년도 이르러 새로 눈뜨기 시작했을 때 맨해튼 '고려서적'은 참으로 내 영혼의 등대처럼 나를 인도해주던 낭만의 곳이었다.

나는 가끔 조지아의 둘째 딸네 집에서 18년을 살다가 떠난 딸의 애견 charlee를 생각한다. 어느 날, 딸은 나에게 "엄마! 나는 charlee가 하루만이라도 말을 할 수 있으면 얼마나 좋을까."라고 했다. 딸은 얼마나 그에 대한 마음이 간절했기에 이런 말이 나오나 하며 내가 할 수 있는 말은 "그래. 네 마음을 잘 알겠다… charlee의 눈을 똑바로 바라보는 수밖에…."라고 했던 말을 기억한다.

나는 요즈음 새삼스럽게 세상을 보는 눈이 참 경이롭다고 느낀다. 생각하면, 사람의 마음은 잘 알 것 같으면서도 실은 가까운 부부지간, 자식. 친구, 친지들도 잘 모른다. 어쩌면 나 자신도 내가 모를 때가 많은데 하며 위로한다.

딸이 charlee의 눈을 똑바로 바라볼 수밖에 없듯이 우리 인간은 사람들의 책을 통해 그나마 하나님이 창조하신 그 경이로운 경지를 조금은 아는 것이 아닌가 생각한다.

오프라 윈프리는 그의 책에서 기쁨, 회생력, 교감, 감사, 가능성, 경외, 명확함, 힘이라는 여덟 가지 주제로 나누어 그의 인생에서 깨달은 삶의 진실을 들려준다. 그는 지난날을 회고하며 '독서는 내가 제일 좋아하는 시간 사용법'이라며 독서는 우리의 존재를 열어주며 우리가 계속 위로 올라갈 수 있는 디딤돌이 되어준다고 했다.

책을 읽는다는 것은 참으로 경이로운 일이다. 나와 다른 사람을 통해 놀라움과 불가사의를 맛볼 수 있으며 종이 위에서 살아나는 사람들과 만나서 느끼는 유대감은 나 자신을 더 잘 파악하게 되고 통찰력과 유용한 정보 지식과 영감의 힘을 얻게 되니 이제부터라도 더 감사한 마음으로 책을 많이 읽고 싶다! 올해 계묘년(2023)의 나의 소망이다.

[뉴욕 중앙일보 2023. 2. 1.]

잃어버린 시간들

아침에 눈을 떠 창밖에 펼쳐지는 바깥 풍경을 바라보는 것은 가히 매일이 기적이라 할 수 있겠다. 언뜻 보면 똑같은 모습으로 지루한 하루를 또 맞이하는구나 느꼈던 적도 한두 번이 아니었지만 어느 때부터인지 시시각각으로 펼쳐지는 그 모습에서 지나온 세월을 반추한다.

오늘처럼 청명한 날에는 멀리 Met Life Stadium도 보이고 Teterboro Airport도 선명히 보이지만 안개가 짙게 낀 날에는 한 치 앞도 볼 수가 없다. 서서히 안개가 걷히고 나면 학교 운동장에 모여드는 아이들도 보이고 줄줄이 서 있는 건물들이며 상점들이 하루를 열고 있다.

지나간 시간은 잃어버린 시간일까! 모든 지나간 일은 되돌릴 수 없다 생각이 들기에 오늘의 노년의 삶은 때로는 허무를, 때로는 의욕을 잃고 허우적거릴지도 모른다는 생각이 요즈음 많이

든다.

지난 4월 초 월요일 아침 학교 운동장에 아이들이 하나도 안 보일 때 웬일일까? 놀라면서도 허전하던 그 마음… 생각하니 요즈음 spring break란 것을 떠올리며 혼자 웃었던 생각이 난다. 이처럼 나와는 아무 연관도 없는 아이들한테도 이렇듯 마음이 쓰이는 것을 보며 나의 아이들 자라던 때를 떠올리다가 손자 손녀들의 모습을 보면서 지나간 시간은 잃어버린 것이 아니라 삶은 이렇게 계속되는 것이구나 다짐을 했다.

내 집에서 멀지 않게 바라보이는 건물에는 '포부동'(Soup Dumpling Plus)이란 중국집이 있다. 무심(無心)히 쳐다볼 때는 몰랐는데 관심을 가지고 보니 일주일에 세 번 트럭이 물건을 놓고 가는데 그 시간이 대개 아침 11시경이다. 그 모습을 창 너머로 바라보면서 내 마음은 어느새 몇십 년 전 내가 브루클린에서 살 때 늘 좋아하던 '아침 11시'경이 물 밀듯이 떠오르는 것이었다. 그 시간쯤엔 남편과 아이들이 병원과 학교에 가느라 분주했던 아침나절을 보낸 후 쉼을 누리는 시간이었다.

나는 늘 비발디의 『4계』를 들으며 몇 시간 떨어져 사는 나의 친구와 수다를 떨곤 했다. 오랜 세월 우리는 주거니 받거니 실타래를 묶다가 지난 2007년 친구는 LA로 떠나고 말았다. 옛날 같지 않게 요즈음은 뜨막하게 지나는 사이가 되었는데 세월이 갈수록 그가 그립고 그 지나간 시간은 나에게 황금의 시간이었다. 가슴을 적신다.

생각만 해도 내 마음의 쉼을 누리니 그와 지냈던 그 시간은 잃어버린 시간이 아니고 희망과 의욕을 불러일으킨다. 지난 3년 동안 우리들의 발목을 잡았던 팬데믹도 주춤해 있는 요즈음 지나간 시간은 잃어버린 것이 아니고 지금도 살아있다는 생각을 하며 오늘도 열심히 살고 싶다.

[뉴욕 중앙일보 2023. 4. 20.]

기본(基本)의 소중함

십여 년 전 붓을 처음 잡았을 때다. 스승님께서 붓놀림 속에서 흩어진 마음을 모으는 심정으로 천천히 정성스레 서두르지 말고 한 획 한 획을 대하여야 한다고 말씀하셨다. 그리고 첫째, 필법이 정확하고 둘째, 획의 방향이 바르게 나가야 하고 셋째, 획 모양새가 아름다워야 한다고 늘 채근하시곤 했다.

나는 속으로 늦게 시작한 서예이니 부지런히 앞으로, 앞으로 나가야 한다고 자신을 달래며, 남들이 늘, 나의 손글씨를 칭찬하는 것에 자만심에 젖기도 하면서 10여 년의 세월을 보냈다. 쉼없이 매진했기에 개인전, 그룹전에 참가하였고, 권위 있는 서예대전에서 수상하는 영광을 맛보기도 했다.

그런데 뜻하지 않은 몇 년간의 팬데믹은 우리 서예반에도 많은 변화를 가져왔고 같이 배우던 동지들이 하나둘 떨어져 나가고 요즈음 우리는 방학중이다.

해서, 집에서 그동안 배운 것을 죄 꺼내놓고 살펴보았는데 참으로 글씨가 마음에 들지 않으니 나의 심정이 허허하다! 되돌릴 수만 있다면 십여 년 전으로 되돌아가 처음부터 다시 시작하고 싶다. 스승님의 글체는 흔들림이 없는데 이 제자는 아직도 손끝이 허전하다.

골프만 해도 같은 심정이다. 30여 년 전으로 되돌아가 나를 둘러보면 참으로 신나는 세월(歲月)이었다. 나의 골프 샷이 직진형이라 그린(green)에 오르는 것은 그리 난항이 아니었다. 속으로 늦게 시작한 골프니 남보다 더 부지런히 움직여야 한다고 나 자신을 채근하면서 퍼팅을 우습게 여겼던 그때의 나를 지금은 많이 후회한다. 그 처음 시작할 때 그린(green)은 또 다른 게임이라 생각했어야 했는데…. 골프를 좋아했기에 챔피언도 홀인원도 몇번씩이나 했건만 나는 지금도 몇십 년 전으로 되돌아가 서두르지 말고 퍼팅을 하고 싶다.

팔십 고개를 한참 넘어 삶을 돌아보니 어찌 골프와 서예뿐이겠는가. 가까이 있는 내 가족, 나의 친지, 친구들… 아쉬움과 미안함, 후회가 늘쑥날쑥 머리를 쳐든다.

매일 창밖을 통해 서산으로 떨어지는 장엄한 석양을 바라보며 내가 아직도 나의 삶의 취미였던 골프나 서예를 그리는 것의 근본은 사랑이었다고 생각한다. 그들을 사랑하고 좋아했기에 나의 열정은 지금도 계속 불타고 있다고 생각한다. 내가 좋아하는 시(詩) 한 수를 보낸다.

　서산유로 근위경(書山有路 勤爲徑): 글의 산에는 길이 있으니 부지런함이 지름길이고,
　학해무애 고작주(學海無涯 苦作舟): 배움의 바다에는 끝이 없으니 조각배를 어렵게 저어갈 뿐이다.

오늘도 나는 새로운 다짐을 한다.

[뉴욕 중앙일보 2023. 6. 6.]

허리케인 심(Sim)

　팬데믹 이후 근 2년 동안 뉴저지에서 꼼짝 않고 있는 나를 (언니와 오빠네 식구까지) 보러 조지아의 둘째 딸과 손녀·손자가 굉장한 비바람을 몰고 쳐들어왔다.

　뉴저지에 도착하는 7월 17일, 즉시 그 길로 맨해튼의 워터 보트를 타기로 돼 있었는데 날씨도 나쁘고 시간도 늦고 해서 다음날로 미루고 우리는 큰딸네에 온 식구들이 모여 3년 만에 회포를 풀었다. 그동안 몰라보게 훌쩍 커버린 손자·손녀들, 서로 부둥켜안고 그 좋아하는 모습이란 세월의 무상함을 느꼈다.

　맨해튼을 가로지르는 페리(Ferry)를 처음 타 보는 양 근 4년 만에 둘러보는 허드슨강은 여전했고, 시끌버끌하는 뉴욕시의 모습은 장관이었다. 아이들은 'The beast' 보트를 타며 온몸에 물세례를 맞는 기분이 통쾌하다며 재잘댔고, 우리는 리틀 이탈리아와 차이나타운을 거쳐 식사하고 거리에 쏟아지는 선물 가게를 둘러보고 밤늦게 페리를 타고 집으로 향했다.

조지아 식구들은 맨해튼에서 친구와 만난다고 이틀을 호텔에서 머무르며 친구와 푸드 투어를 하고 'Six'라는 브로드웨이 쇼도 보고 뉴욕대와 워싱턴 스퀘어파크도 둘러보고 Summit One Vanderbilt도 보았다.

조지아의 손자 녀석이 11살이라 무엇이든지 흥미로워 뉴저지의 해변도 봐야 한다고 해서 세븐 프레지던트 해변으로 향해 떠나는데 아침부터 억수같이 비가 퍼부어서 좀 난감했다. 막상 해변에 다다르니 해가 뜨며 푸른 하늘이 우리를 환영하고 있어 너무나 기뻤다. 아이들은 종일 물속에서 잘 놀면서 많은 추억거리를 만들었다.

7월 22일 토요일, 다시 페리로 뉴저지로 돌아와 렌터카를 몰며 보스턴의 하버드 서머 스쿨로 세 식구는 떠나갔다.

그 지난 일주일 동안의 나에게 일어난 일은 그동안 침체해 있던 나의 심신(心身)을 팬데믹 이전으로 일깨워주는 듯했다. 우리는 가끔 마음속으로 한없이 침체하여 있을 때는 무엇으로든지 한 방 맞아야 된다고 생각했다.

그들이 온다고 했을 때는 기쁘면서도 아직도 난리인 세상에 어떻게 컨트롤 할까 염려도 있었건만 막상 만나니 팬데믹이고 뭐고 기를 못 피게 세상은 여전히 힘차게 돌아가고 있음을 절감

했다.

지난 십여 년간 우리가 플로리다에서 살 때이다. 매년 크리스마스 시즌 때면 뉴저지의 딸·아들네와 조지아의 둘째 딸네가 들르곤 했다.

그런 어느 해였다. 먼저 내려와 있던 큰딸이 "엄마! 허리케인이 하루 일찍 온대…" 하는 것이 아닌가. 나는 무심결에 "아니, 날씨가 이렇게 좋은데 무슨 허리케인냐?" 하니 하하 웃으며 "조지아에서 심 패밀리가 하루 일찍 온다는 소리야." 해서 한참을 웃었다.

허리케인(Hurricane)이란 북대서양, 북동 태평양 등 다양한 지역에서 발생하는 열대저기압 중 최대 풍속이 시속 64KTS(74마일) 이상인 것을 말하며 강한 바람이란 뜻을 가지고 있는데 조지아 아이들이 플로리다 할머니 집에 오면 너무 반갑고 좋아 이 방 저 방으로 어찌나 극성스럽게 돌아다니는지 그때 붙여진 별명이다.

이번에도 할머니인 나에게 조지아에 좀 다녀가라고 해도 꿈쩍도 안 하니 이렇게 바람을 몰고 쳐들어온 것이다. 우리는 팬데믹 이후 너무나 반갑고 의미 있는 만남이었다.

[뉴욕 중앙일보 2023. 8. 2.]

애일지성(愛日之誠)

창문을 통해 펼쳐지는 단풍이 참으로 아름답고 호사스럽다.

하루가 지루할 틈도 없이 어쩌면 이리도 형형색색의 모습으로
자신들을 드러내고 있을까. 이제는 코로나 팬데믹도 많이 완화
돼 사람들은 전처럼 활기를 띠고 여행이다 뭐다 법석을 떨지만
그래도 아직도 가고 싶은 곳을 마음대로 다닐 수 있는 것은 아니
다.

며칠 전 청명한 날씨를 벗 삼아 매년 찾는 베어 마운틴을 찾아
'Hessian Lake'를 거닐며 일 년 내내 쌓였던 회포를 풀었다.
베어 마운틴 정상에 오르니 속이 다 후련하고 지루했던 매일의
삶을 무한의 희망으로 선사하고 있다. 정상에 앉아 무심한 중에
숲과 강(Hudson)을 보노라니 며칠 전 읽은 김병기(전북대 명예교
수 · 서예가) 선생의 '필향만리'에 나오는 '애일지성(愛日之誠)'이
라는 문구가 떠올랐다.

애일지성(愛日之誠, 부모님의 시간을 아껴드리는 정성), 이 문구는 부모님 살아생전 정성을 다해 효도하라는 데서 나오는 사자성어이지만 어찌 부모님뿐이겠는가. 세상만사 풀 한 포기에도 우리는 정성을 다해 그 한 존재를 사랑해야 함을 느낀다. 요즈음 가까이 지내던 많은 지인, 친구들이 휘날리는 낙엽처럼 서서히 자리를 감춘다.

생각하면 젊음을 과시하며 푸른 창공에 깃발은 날리던 그 시절보다 늙어서 만나 한 20여 년 같이 지내던 FL 친구들 생각이 많이 난다. 그때만 해도 2000년대 초였으니 그 당시 우리는 많아야 60~70대 장년으로 모두 자기들이 일생동안 하던 일들을 마무리하고 새로운 신념으로 남은 일생을 즐기자 해서 각지에서 모여든 사람들, 이른바 골프 천국 'Citrus Hills'였다.

이 골프 천국이 너무 좋아 우리는 무한대로 흰 골프공을 날릴 것 같았던 그 시절! 좀 더 서로를 아끼며 정성을 다해 유한(有限)한 생명인 서로를 사랑해야 했지 않았나 아쉬움이 있다.

허나 삶은 또한 그 얼마나 아름답고 찬란한가! 그 골프 천국은 계속 노년으로만 치달리는 나의 삶에 새로운 비전과 희망으로 나를 이끈다. 몸이 말을 안 들어 골프를 중단한 한 지인은 요사이 열심히 요리를 배운다. 배운다기보다 음식을 만드는 데 취미를 가지니 마음이 즐겁다고 한다. 시간을 아끼고 정성을 들일 일은 대지의 나무들처럼 무한대로 줄지어 있다.

감사하게도 나는 높은 층 아파트에 살고 있는데 매일 아침 등교하는 학생들의 모습을 보면서 하루의 활력과 기쁨을 선사 받는다. 그들은 활기차고 즐거운 듯 재잘거리고 웃고 오늘이 새롭다. 마치 나의 어린 시절처럼….

베어 마운틴 정상에서 강과 숲을 바라보며 무심중에 있던 나는 서서히 7 lakes를 돌아보며 대인관계에서나 취미생활에서 '애일지성'의 마음으로 노년의 길을 걸어야겠다고 다시 한번 다짐했다.

[뉴욕 중앙일보 2023. 11. 3.]

자유로움과 삼성오신(三省吾身)

　일주일에 두 번 다니는 Community Center에서 Stretch & tone 운동을 하고 나면 참으로 기분이 상쾌하며 일과 중에 큰일을 한 기분이다.

　이곳에서 내가 운동을 시작한 것은 뉴저지로 아주 올라왔을 때다. 팬데믹 시절이어서 넓고 큰 Community Center가 좀 더 자유롭고 안전할 것 같아서 선택했다. 그런데 오가기에는 번거로운 점도 많아 운동에 온 마음을 기울이기보다는 대충대충 때우는 적이 많았다.

　갑진년 새해 들어 마음을 다잡고 잘해보겠다는 심정이 든 것은 몇 년 동안 가르치는 인스트럭터가 변함없이 열심인 것에 마음이 끌리기 시작한 것이다.

　50대로 보이는 그가 한 시간 하는 스케줄은 대개 비슷한 루틴이지만 간간이 새로운 동작도 가미하는데 그의 모습은 흐트러짐

이 없고 늘 반듯하다. 배우는 학생들은 50대 이후 각각의 연령 층으로 보이는 데 나같이 노년의 80대 사람들도 꽤 있는 것 같다. 특별한 일이 있어 못 가는 것은 괜찮은데 '운동은 해야지' 하는 강박관념에서 끌려다니다 보면 루틴으로 하는 순서도 못 따라가며 허둥댄다. 그런 날은 운동하고 나서도 늘 찜찜하며 시간 낭비 같아 늘 나 자신을 비난하곤 했다.

나는 팬데믹 이후 변화된 나의 생활 패턴을 원망하고 늘 불만 속에서 살고 있었다. 가고 싶은 곳을 마음대로 갈 수도 없고, 사람들이 많이 모이는 곳은 될 수 있는 대로 피했다. 기껏해야 전화로 서로 소식을 듣고 보내는 삶이 아직까지도 막막했다.

허나 삶 속에는 여러 종류의 길이 있지만, 반드시 거기에는 '뚫린 길'이 있게 마련이다. 원망과 질책으로만 볼 것이 아니라 현재 된 길을 그대로 받아들이기로 하니 마음이 이렇게 자유스러울 수가 없다. 멀리 떨어져 있어 전처럼 자주 못 만나는 자식을 생각하며 안달을 떠는 것보다 옆에 있는 자식들과 마음과 정성을 다해 자주 만나고, 가까이 옆에 있는 지인들과 어울리다 보면 반드시 '뚫린 길'이 나타날 것이라 확신이 선다.

삼성오신(三省吾身)이란 하루에 세 번 자기가 한 행위나 생각을 반성하는 것을 말하는데 오늘을 열심히 살라는 것으로 터득하고 보니 삶이 더없이 자유스러움을 느낀다. 그동안 오랜 세월

공부하던 것들이 모두 중단된 상태지만 지금 현재에 내가 하고
싶은 일들은 여전히 열려 있는 것이다.

오늘도 나는 긍정의 힘으로 새로운 다짐을 한다.

[뉴욕 중앙일보 2024. 1. 31.]

글을 쓴다는 것은 감사의 지름길

제가 십여 년 넘게 중앙일보(뉴욕)에 칼럼을 쓰다 보니, 우물 속에 물이 퍼내어도 퍼내어도 계속 물이 차오르듯이, 내가 계속 글을 쓸 수 있었던 것은 무엇일까 간간이 생각하곤 했다.

올해로 저의 남편이 떠난 지 15년이 돼 오는데 그 당시 나는 슬픔과 실의에 빠져 나의 삶은 온전히 정지된 상태에서 허위적거렸다. 그러면서 시작한 나의 글이었다. 그 15년이란 세월이 흐르면서 전에는 무심히 지나치던 일들이 의미(意味)를 부여하고 각인되어 오면서 감사로 이어지는 것이었다. 그러면서 오늘에 이르고 있다.

사람은 고난 속에서 강해지고 성장하는가 보다! 내가 글을 쓰면 쓸수록 삶의 모든 일이 긍정적으로 보이고 감사와 기쁨과 사랑을 느끼는 것이다. 오늘이 있기까지 부족한 저를 격려해주신 '해외문학사' 조윤호 선생님과 '해외문인협회' 회장 김희주 시인 그리고 심사위원님께 심심한 감사를 드리며 「해외문학」의 무궁한 발전을 기원한다. 또한 부족한 저를 채찍을 주시며 용기를 주셨던 김정기 선생님과 문우(文友)들에게 감사하며 늘 엄마를 돌봐주며 힘을 주는 나의 아들, 딸들에게 감사한다!

이번 수필부문 대상을 받으며 삶은 감사의 지름길임을 다시한 번 느낀다. 이 모든 영광을 나의 남편에게 바친다.

[제25회 해외문학상 수필부문 대상 수상소감 2022. 8. 7.]

건강한 노년

혼자를 즐길 줄 아는 노년은 몸과 마음이 건강하다.

산책도 혼자, 음악회도 혼자, 식당도 혼자… 혼자 문화생활을 즐기면 몰려 다닐 때보다 시간을 더 유용하게 쓸 수 있다.

혼자에 익숙해지면 외로울 시간이 없다.

누구나 언젠가는 혼자가 되는 게 인생이다.

혼자되어 오래 살 때(獨居長壽) 혼자에 익숙해지면 시간은 더없이 즐거워질 것이다.

내가 그 무엇을 할 수 있다는 그 자체가 얼마나 감사한 일인가.

그러고 보니 해야 할 일이 너무나 많구나….

삶은 아름다운 여행이다.

[2016. 11. 18.]

등대

등대가 반짝이는 것은
그래도 길을 알리는 것이고

등대가 거기 서 있음은
그래도 희망을 주는 것이다.

사람들은 등대를 보고
길을 찾는다.

[2017. 9. 17.]

나에게 문학이란

　문학이란, 삶의 가치 있는 경험을 상상력을 토대로 하여 언어로 짜임새 있게 표현한 예술이라고도 하고, 인간(人間)의 삶을 언어를 통하여 미적으로 표현하는 것이라고도 한다.

　나에게 있어 문학이란 삶의 경험을 통해 얻어진 소산(所産)이라고 볼 수 있다. 올해가 남편이 떠난 지 16년이 돼 오는 해인데 실의와 고난 속에서 시작한 나의 글이 세월이 지나면서 의미를 얻게 되고 각인(各人)되어 오면서 감사로 이어지는 체험을 하게 된다. 글을 쓰면 쓸수록 세상의 모든 일들이 긍정적으로 보이고, 나에게 주어진 그 삶속에서 희망과 사랑과 희열을 느낀다

　남편이 떠나던 2007년, 그이와 한평생 지나온 '우리의 얘기'를 자손들에게 들려주고 싶다는 의욕을 느꼈다. 그이의 그 풍성하던 인간성, 형제간의 우애, 친구들과의 의리, 스승님에 대한 존경심 그 무엇보다도 남자(男子) 중에 남자였던 그 정신을 후손

들이 이어받기를 바라는 마음에서 그에 대한 추모록을 책으로 남겼다. (『당신을 이 시계처럼 찾을 수만 있다면』 2008년)

이것을 계기로 김정기 선생님을 만나게 됐고 선생님이 지도하시는 문학교실(중앙일보)에 발을 디디면서 오늘에 이르고 있다. 선생님과 문우들의 많은 지도와 격려와 용기를 바탕으로 2009년부터 중앙일보에 칼럼을 쓰고 있다.

긍정의 삶을 살 수 있게 가슴을 열어준 문학의 길을 사랑하며 감사한다.

[2023. 3. 4.]

서예(書藝)

글은, 내 마음의 노래요

글씨는 정제된 그 마음의 날개라

날개가 훨훨 자유롭게 춤을 추니

서예의 깊은 숨결 삼라만상 넘나들며

그 높은 기상 만인의 가슴에 스며드네.

글은, 내 마음의 불꽃이요

글씨는 산화된 창조의 예술이라

일필휘지(一筆揮之)로 사람의 마음을 다스리니

서예의 멋은 삶의 향기와 침묵의 구도(求道)라

그 높은 기상 만인의 가슴에 영원하리.

2011. 8. 23.
정순덕

寒山島(한산도)

寒山島月明夜上戌樓(한산도월명야상수루)
撫大刀深愁時(무대도심수시)
何處一聲羌笛更添愁(하처일성강적갱첨수)

한산섬 달 밝은 밤에 수루에 올라
큰 칼 어루만지며 깊은 수심에 잠길 때
어디서 한가락 피리소리 다시 시름을 보태는고

* 충무공 이순신(忠武公 李舜臣, 1545~1598) : 조선의 명장이자 구국영웅.
  임진왜란 및 정유재란 당시 조선 수군을 지휘했던 제독

寒山島月明夜上戍樓撫
大刀深愁時何處一聲羌
笛更添愁

李舜臣寒山島曉汀鄭順德

詠梨花(영이화)

樂天敢比 楊妃色(낙천감비 양비색)
太白詩稱 白雪香(태백시칭 백설향)
別有風流 微妙處(별유풍류 미묘처)
淡煙疎月 夜中央(담연소월 야중앙)

백낙천은 양귀비의 일색에 견주었고
이태백은 눈처럼 희고 향기롭다 읊었네
미묘한 기운과 남다른 풍류가 있으니
한밤중 희미한 달빛아래 옅은 안개라네

* 이옥봉(李玉峰, ?~1592) : 16세기 조선 최고의 여류시인

樂天敢比楊妃色太白詩稱白

雪香別有風流微妙屬淡煙疎

月夜中央　李王峰詩　詠梨花　曉汀郭順德

書能香我 不須花(서능향아 불수화)

書能香我 不須花(서능향아 불수화)
茶亦醉人 何必酒(차역취인 하필주)

　책이 능히 나를 취하게 하니 꽃이 필요치 않고
　차 또한 사람을 취하게 하니 어찌 술이 필요한가

書能香我 不須花
茶亦醉人 何必酒

乙未年
立秋節
曉汀鄭順德

漁父辭(어부사) : 어부와의 대화

屈原旣放(굴원기방)에 游於江潭(유어강담)하고 行吟澤畔(행음택반)할새 顏色憔悴(안색초췌)하고 形容(형용)이 枯槁(고고)라. 漁父見而問之曰(어부견이문지왈) "子非三閭大夫與(자비삼려대부여)아? 何故(하고)로 至於斯(지어사)오?" 屈原曰(굴원왈) "擧世皆濁(거세개탁)이나 我獨淸(아독청)하고 衆人皆醉(중인개취)나 我獨醒(아독성)이라. 是以見放(시이견방)이라." 漁父曰(어부왈) "聖人(성인)은 不凝滯於物(불응체어물)하고 而能與世推移(이능여세추이)하나니 世人(세인)이 皆濁(개탁)이어든 何不淈其泥(하불굴기니) 而揚其波(이양기파)하며 衆人皆醉(중인개취)어든 何不餔其糟(하불포기조) 而歠其醨(이철기리)하고 何故(하고)로 深思高擧(심사고거)하여 自今放爲(자금방위)오?" 屈原曰(굴원왈) "吾聞之(오문지)하니 新沐者(신목자)는 必彈冠(필탄관)하고 新浴者(신욕자)는 必振衣(필진의)라. 安能以身之察察(안능이신지찰찰)로 受物之汶汶者乎(수물지문문자호)아? 寧赴湘流(녕부상류)하여 葬於江魚之腹中(장어강어지복중)이언정 安能以皓皓之白(안능이호호지백)으로 而蒙世俗之塵埃乎(이몽세속지진애호)아?" 漁父莞爾而笑(어부완이이소)하고 鼓枻而去(고예이거)하며 乃歌曰(내가왈) "滄浪之水淸兮(창랑지수청혜)어든 可以濯吾纓(가이탁오영)이오 滄浪之水濁兮(창랑지수탁혜)어든 可以濯吾足(가이탁오족)이로다." 遂去不復與言(수거불복여언)이러라.

굴원(屈原)이 이미 추방(追放)되어 강가와 물가에서 노닐고 못가를 거닐며 (시를) 읊조리고 다니니 얼굴빛은 초췌(憔悴)하고 몸은 마르고 생기가 없었다. 어부(漁父)가 보고 그에게 묻기를 "그대는 초(楚)나라의 삼려대부(三閭大夫)가 아니시오? 어찌하여 이 지경에 이르렀소?" 굴원(屈原)이 대답하기를 "세상이 온통 다 혼탁(混濁)한데 나 혼자만이 맑

屈原既放遊於江潭行吟澤畔顏色憔悴形容枯槁漁父
見而問之曰子非三閭大夫與何故至於斯屈原曰舉世
皆濁我獨清眾人皆醉我獨醒是以見放漁父曰聖人不
凝滯於物而能與世推移世人皆濁何不淈其泥而揚其
波眾人皆醉何不餔其糟而歠其醨何故深思高舉自令
放為屈原曰吾聞之新沐者必彈冠新浴者必振衣安能以
身之察察受物之汶汶者乎寧赴湘流葬於江魚之腹中安能
以皓皓之白而蒙世俗之塵埃乎漁父莞爾而笑鼓枻而去
乃歌曰滄浪之水清兮可以濯吾纓滄浪之水濁兮可以
濯吾足遂去不復與言

錄屈原漁父辭 晚汀鄭敏德

고 모든 사람이 다 취(醉)해 있는데 나 홀로 깨어있으므로 그리하여 추방(追放)을 당하게 되었소. "어부(漁父)가 말하기를 "성인(聖人)은 사물에 막히거나 걸리지 않고 세상과 함께 잘도 옮아가니 세상 사람들이 모두 흐려 있거늘 어찌하여 진흙탕을 휘저어 그 물결을 날리지 않으며 뭇 사람들이 모두 취(醉)해 있거늘 어찌하여 그 찌꺼기를 씹고 그 밑술을 들이마시지 않고 어찌하여 깊이 생각하고 고상(高尙)하게 생각하여 스스로 추방(追放) 당하게 되었소? "굴원(屈原)이 대답하기를 "내가 듣건대 새로 머리를 감은 사람은 반드시 관(冠)을 털어서 쓰고, 새로 목욕(沐浴)한 사람은 반드시 옷을 털어 입는다고 하였소. 어떻게 맑고 깨끗한 몸으로 더러운 것을 받아들일 수 있겠소? 차라리 상수(湘水)에 몸을 던져 물고기 뱃속에 장사(葬事)지낼지언정 어떻게 희고 깨끗한 몸으로 세속(世俗)의 티끌과 먼지를 뒤집어 쓸 수 있다는 말이오? "어부(漁父)가 빙그레 웃고 노를 두드리며 떠나가며 이렇게 노래하기를 "창랑(滄浪)의 물이 맑거든 그 물로 나의 갓끈을 씻는 것이 좋고, 창랑(滄浪)의 물이 흐리거든 거기에 나의 발을 씻으리라. "드디어 가고 다시는 이야기가 없었다.

(해석발췌– 네이버 블로그 작성자 bgjeong45)

–굴원이 모함을 받아 추방되어 초췌한 모습으로 강가를 떠돌 때 한 어부와 만나 서로 주고받은 말을 적어 놓은 글

* 굴원(屈原. BC 343?~BC 277?) : 중국 초나라의 시인, 정치가

寬則得衆(관칙득중)

마음을 너그럽게 관용하면 큰 무리를 얻는다.
–논어(論語) 17절 양화(陽貨)편

寬則得眾

錄論語陽貨篇句一則 廳汀鄭順德

靜夜思(정야사) : 고요한 밤의 고향 생각

床前明月光 疑是地上霜 (상전명월광 의시지상상)
擧頭望明月 低頭思故鄕 (거두망영월 저두사고향)

　　침상 앞 밝은 달빛 땅위의 서리련가
　　고개들어 밝은 달 바라보고 고개숙여 고향을 생각하네

* 이백(李白, 701-762) : 중국 당나라 시인

床前明月光 疑是地上霜
舉頭望明月 低頭思故鄉

李白詩 靜夜思

曉汀鄭順德

恐誤後來者(공오후래자)

雪朝夜中行(설조야중행)
開路自我始(개로자아시)
不敢錯一恐(부감착일공)
恐誤後來者(공오후래자)

눈 내리는 새벽 어둠속을 간다
길을 열기는 나로부터 시작한다
한번 그릇 칠 것은 안 두려우나
뒤따를 자가 그릇될까 두렵다.

* 백범 김구(白凡 金九, 1876~1949) : 일제강점기 대한민국의 독립운동가

雪朝夜中行開路自我始
不敢錯一恐恐誤後來者

白凡
恐誤後來者
曉汀
鄭順德

滿招損 謙受益(만초손 겸수익)

가득차 있으면 손해를 보고 겸손하면 이익을 부른다.

- 명심보감 안편(明心寶鑑 安分篇)

滿招損　謙受益

丁酉立夏節晚汀鄭順德

曉出淨慈寺 送林子方(효출정자사 송임자방) : 새벽에
　　　　　　　　　정자사를 나와 임자방을 보내다

畢竟西湖 六月中(필경서호 육월중)
風光不與 四時同(풍광불여 서시동)
接天蓮葉 無窮碧(접천연엽 무궁벽)
暎日荷花 別樣紅(영일하화 별양홍)

　　역시 서호는 6월에
　　풍광이 다른 계절과 다르다
　　하늘과 닿은 연잎은 한없이 푸르고
　　햇빛에 빛난 연꽃은 유달리 붉어라

　　　　　　　* 양만리(楊万里, 1127-1206) : 송나라 대표 문학가, 시인

畢竟西湖六月中風光不與四
時同接天蓮葉無窮碧暎日荷
花別樣紅

宋楊萬里詩曉出淨慈寺送林子方

乙未年夏　晥汀鄭懷德

山行(산행)

遠上寒山 石徑斜 (원상한산 석경사)
白雲生處 有人家 (백운생처 유인가)
停車坐愛 楓林晚 (정거좌애 풍림만)
霜葉紅於 二月花 (상엽홍어 이월화)

멀리 한산의 돌길은 비스듬한데
흰구름이 이는 곳에 인가가 있구나
수레를 멈추고 앉아 늦게 물든 단풍숲을 즐기니
서리맞은 단풍잎이 이월의 꽃보다 붉구나.

* 두목(杜牧, 803-852) : 당나라 말기의 시인

遠上寒山石徑斜白雲生處有
人家停車坐愛楓林晚霜葉紅
於二月花 杜牧詩 山行 曉汀鄭順德

君自故鄕來 (군자고향래)

君自故鄕來 (군자고향래)
應知故鄕事 (응지고향사)
來日綺窗前 (내일기창전)
寒梅着花未 (한매착화미)

　　그대는 고향에서 오셨으니
　　당연히 고향의 모든 소식을 알고 계시겠지요
　　오시던 날 우리집 비단 창 앞에
　　겨울 매화 꽃망울 터트렸던가요
　　　　　－王維(왕유)의 雜詩(잡시) 3수 중 2수

　　　　　　　　* 왕유(王維, 699~759) : 중국 당나라 시인

君自故鄉來　應知故鄉事

來日綺窗前　寒梅著花未

王維雜詩　癸巳秋

曉汀鄭順德

千字文(천자문)

千字文(천자문) : 모두 다른 한자 1000자로 1구 4자의 사언 고시 250구로 되어 있다. '천지현황(天地玄黃)'으로 시작해서 '언재호야(焉哉乎也)'의 어조사로 끝나는데, 자연 현상부터 인륜 도덕에 이르는 넓은 범위의 글귀를 수록하여 한문의 입문서로 널리 쓰였다.

(위키백과에서 일부 발췌)

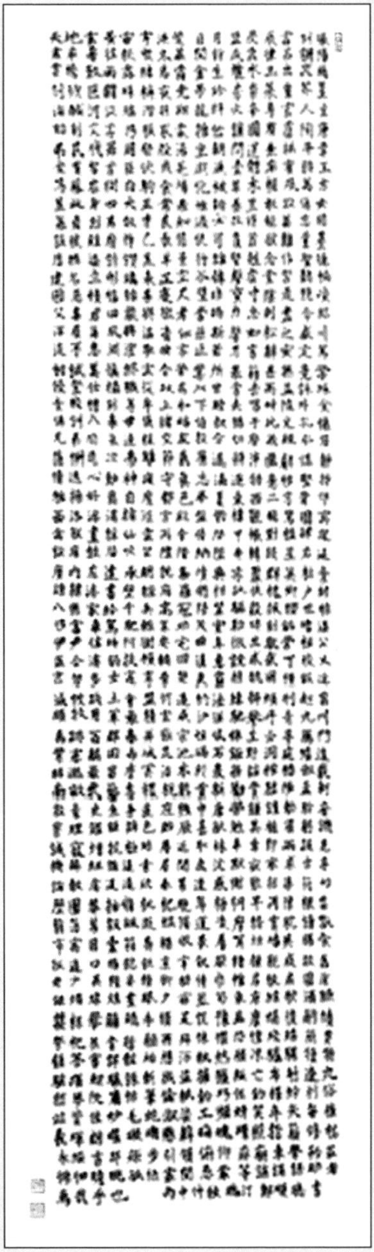

靜水流深 深水無聲(정수유심 심수무성)

고요한 물은 깊이 흐르고, 깊은 물은 소리가 나지 않는다.

靜水流深深水無聲

曉汀鄭順德

詩篇(시편) 23장 1절~6절

1 主乃我之牧者 使我不至窮乏 (주내아지목자 사아부지궁핍)

2 使我臥於草地 引我至可安歇之水濱
   (사아와어초지 인아지가안헐지수빈)

3 使我心蘇醒 爲己之名引導我行義路
   (사아심소성 위기지명인도아행의로)

4 我雖過死陰之幽谷 亦不懼遭害 因主常在我側 主有杖有竿
   足以安慰我 (아수과사음지유곡 역불구조해 인주상재아측 주
   유장유간 족이안위아)

5 在我敵人前 爲我備設筵席以膏沐我首 使我之杯滿溢
   (재아적인전 위아비설연석이고목아수 사아지배만일)

6 我一生惟有恩寵慈惠隨我 我必永久居於主之殿
   (아일생유유은총자혜수아 아필영구거어주지전)

1 주님은 나의 목자, 나는 아쉬울것 없어라
2 푸른 풀밭에 나를 쉬게하시고, 잔잔한 물가로 나를 이끄시어
3 내 영혼에 생기를 돋우어 주시고 바른길로 나를 끌어주시니 주님
   의 이름 때문이어라
4 제가 비록 어둠의 골짜기를 간다 하여도 재앙을 두려워하지 않으
   리니 당신께서 저와 함께 계시기 때문입니다. 당신의 막대기와 지
   팡이가 저에게 위안을 줍니다.
5 당신께서 저의 원수들 앞에서 저에게 상을 차려주시고 제 머리에
   향유를 발라주시니 저의 잔도 가득합니다.
6 저의 한평생 선하심과 인자하심이 정녕 나를 따르리니 내가 여호
   와의 집에 영원히 거하리로다.

主乃我之牧者使我不至窮乏之使我臥於
草地引我至可安歇之水濱使我心蘇醒
為己之名引導我行義路我雖過死陰之
幽谷亦不懼遭害因主常在我側主有杖
有竿足以安慰我在家敵人前為我備設
筵席以膏沐我首使我之杯滿溢我一生
惟有恩寵慈惠隨我必永久居於主之殿

丁酉年仲夏　詩篇二十三篇　毗汀鄭順德敬書

긍정의 힘

The Power of Positivity

정순덕 수필집